CONTE verlag

Lilo Beil

DIE NACHT DER GRAUEN KATZEN

CONTE *krimi*

Gewidmet den Namenlosen und Vergessenen der Schattenzeit

Bibliografische Information der Deutschen Nationalbibliothek
Die Deutsche Nationalbibliothek verzeichnet diese Publikation in der Deutschen Nationalbibliografie; detaillierte bibliografische Daten sind im Internet über http://dnb.d-nb.de abrufbar.

ISBN 978-3-941657-28-1

Am Ludwigsberg 80-84
66113 Saarbrücken
Tel: (06 81) 4 16 24-28
Fax: (06 81) 4 16 24-44
E-Mail: info@conte-verlag.de
Verlagsinformationen im Internet unter www.conte-verlag.de

Lektorat: Jessica Philippi
Umschlag und Satz: Markus Dawo
Druck und Bindung: PRISMA Verlagsdruckerei GmbH, Saarbrücken

»He knew not which was which;
and, as the saying is, all cats in the dark are gray.«

Tobias George Smollett,
The Expedition of Humphrey Clinker, 1771

Cordelia: »Was List verborgen,
wird ans Licht gebracht,
Wer Fehler schminkt,
wird einst mit Spott verlacht.«

William Shakespeare, König Lear, 1. Aufzug, 1. Szene

1. KAPITEL

Der Träumer im Weinberg

Die Hitze des Tages hatte sich in den Boden verkrochen. Zwischen den Rebstöcken hing noch der Duft eines heißen Sommertags im späten August. Es war ein Gemisch aus Staub und überreifen Feigen, gegorenem Fallobst und trockenem Gras, das sich nach Regen sehnte. Die Eidechsen und Schlangen hatten sich unter die aufgewärmten Steine des Weinbergs zurückgezogen. Die Tiere der Nacht schlichen lautlos durchs Gehölz und suchten ihre Beute unter den alten Walnuss- und Kastanienbäumen, den Pappeln und den Pinien. Die Silhouette einer großen Villa aus hellem Stein schimmerte durch die Bäume am Waldhang oberhalb des Weinbergs.

Eine graue Katze schlüpfte unter dem morschen Zaun hindurch, sprang auf das mit Efeu bewachsene Mäuerchen aus groben Steinen, von Weinbauern früherer Tage ganz ohne Mörtel kunstvoll errichtet. Dort oben auf der Mauer ließ sie sich für einen Moment nieder, unschlüssig und zögernd, doch mit einem Satz landete sie plötzlich im ausgedörrten Gras. Ihren schrägen grünen Augen entging nichts, auch nicht in der Nacht. Dort drüben unter dem Nussbaum lag eine Menschengestalt.

Die Katze, die es liebte, um Menschen herumzuschnurren, an ihren Beinen entlangzustreifen und sich anzuschmiegen, wurde neugierig, und mit wenigen Schritten auf samtenen Pfoten war sie am großen Baum angekommen, dessen Blätter sich unter einer leichten Brise bewegten. Die Katze, an Lockrufe und schmeichelnde Worte ihrer Herrin gewöhnt, ging mehrmals schnurrend um die Gestalt unter dem Nussbaum herum, doch die Gestalt bewegte sich nicht, und sie sprach auch nicht.

Etwas missfiel der Katze an dieser reglos im Gras liegenden Masse Mensch. War es der Geruch, oder war es die Starrheit der Augen, die weit geöffnet auf den fast sternenlosen Himmel gerichtet waren?

Die Katze wandte sich von diesem merkwürdigen Menschen ab, der sie nicht streichelte, wie ihre Herrin es tat. Ihre Herrin, bei der sie es gut hatte, die sie gerettet hatte vor dem Tod. Denn sie war eine graue Katze, eine Unglücksbringerin wie ihre schwarzen Schwestern, und zudem war sie im Herbst geboren. Der Bauer hatte sie ersäufen wollen, denn Herbstkatzen taugen nichts, sie sind kränklich von Anfang an, da wird nichts draus. Sie fangen keine Mäuse und sind nur unnütze Esser, so heißt es. Ihre Herrin hatte sie dem Bauern abgekauft, und so durfte sie leben.

Jetzt schlüpfte sie unter dem alten Zaun hindurch, rannte mit schnellen Sätzen die dunkle Straße hinunter ins Dorf. An der Biegung der Dorfstraße wäre sie beinahe in ein fahrendes Auto gelaufen.

Bremsen quietschten. Ein erschrockenes Männergesicht hinter der Autoscheibe. Die Katze, mit gekrümmtem Rücken, spürte die großen Reifen an ihrem Fell, doch zwischen zwei Rädern hindurch wurde sie auf den Gehsteig geschleudert, ohne sich verletzt zu haben. Aus ihren schrägen Augen erspähte sie das Gesicht des Mannes hinter der Glasscheibe. Langsam fuhr er davon, als er sah, dass das Tier unversehrt war und mit einem Satz auf den steinernen Torpfosten des Fachwerkhauses sprang.

Im Hof wartete schon die Herrin, die besorgt nach ihrer Katze rief. Sie hatte das Quietschen der Bremsen gehört, das Tier vermisst und sich besorgt nach draußen begeben. Leise schloss sich die alte Eichentür hinter Katze und Herrin. Die Dorfstraße, menschenleer, lag still unter einem Himmel ohne Sterne, nur schwach erhellt von einer kaum wahrnehmbaren, dünnen Mondsichel, die hinter die schwarzen Wolken glitt, als wolle sie sich verstecken.

2. KAPITEL

Das Haus der toten Seelen

Friedrich Gontard schrak zusammen, als die Katze vor seinem VW-Bus über die Straße sprang, und machte eine Vollbremsung. Die Bremsen quietschten fürchterlich. Gontard rechnete damit, dass überall in den Häusern ringsum die Fensterläden geöffnet und die Menschen sich über die nächtliche Ruhestörung beschweren würden. Aber nichts dergleichen geschah. Die Bewohner des Dorfes Rhodt unter Rietburg schienen einen tiefen Schlaf zu haben.

Er rechnete auch mit dem entsetzlichen Geräusch splitternder Knochen unter den Rädern, wie er es einmal erlebt hatte, als ein Hase unter seinen Wagen geraten war. Nie würde er das grauenvolle Geräusch vergessen.

Doch die Katze schien Glück gehabt zu haben. Wie benommen stand sie für einen kurzen Augenblick auf dem Gehsteig, rappelte sich dann wieder auf und sprang auf den Türpfosten eines alten Hauses, verschwand im Hof. Die sprichwörtlichen sieben Leben einer Katze! Vielleicht war wirklich was dran.

Und vielleicht wäre die Katze ihm nicht vor die Räder gerannt, wenn er noch seinen geliebten alten bunten Hippiebus gehabt hätte, den Anna und Lilli damals so schön bemalt hatten. Aber nein. Nachts sind alle Busse grau. Und alle Katzen ebenfalls.

Friedrich Gontard, dessen Hände nach dem glimpflich ausgegangenen Vorfall ein wenig zitterten, fuhr weiter nach Hause.

Durch die Häuserzeilen hindurch war ganz schwach die gelbliche Silhouette der Villa Ludwigshöhe zu erkennen, die ebenso wie die Landschaft italienisch anmutete. Nicht umsonst gaben die Leute diesem Abschnitt der Weinstraße den Namen »Toskana Deutschlands«.

Während er Richtung Speyer fuhr, ließ Friedrich Gontard in seinen Gedanken den Tag Revue passieren.

Ein endlos langer Tag war es gewesen, seltsame Begegnungen hatte es gegeben und unverhoffte Dinge waren geschehen. Alles hatte vor einigen Tagen begonnen mit jenem Anruf Walter Hertels, seinem langjährigen Freund, Rechtsanwalt in Speyer und Pfälzer Urgestein.

»Friedrich, ich habe da einen Auftrag für dich, du wirst staunen. Hör zu: Ein Mandant, der ein Haus mit Inventar und allem Drum und Dran geerbt hat, möchte möglichst schnell alles verkaufen und braucht dazu natürlich einen Sachverständigen, der den Krempel schätzt. – Nein, nicht für die Immobilie selbst, sondern für die Möbel, die Bilder, den ganzen Kleinkram. Da hab ich an dich gedacht, weil du doch seit Jahren Hobbysammler bist und dich so gut auskennst. Mein Mandant wohnt übrigens in Amerika, genau genommen in Denver, Colorado. Wilson Peters ist der einzige Nachkomme von diesem Dr. Kühn und seiner Tochter. – Wann die gestorben sind? Er vor fünf Jahren, sie vor einem halben Jahr. Über die geschäftlichen Bedingungen müssen wir noch reden, da kommst du mal nach Speyer rüber. – Ich dachte, an diesem Wochenende. Je eher, desto besser. Mr. Peters war begeistert, als er erfuhr, dass du bei der Kripo bist. Absolut Vertrauen erweckend, so ein Kriminaler, wo doch diesen Antiquitätenfritzen nicht gerade der allerbeste Ruf voraneilt. Schlitzohren und Gauner, die nur darauf warten, die Käufer über den Tisch zu ziehen. – Wie bitte? Du doch nicht, Friedrich! Also, das ist eine Herausforderung für dich, oder? Und eine Übung. – Na, für dein zukünftiges Rentnerhobby.

Noch ein Jahr, und du bist Rentner. Vergessen? Was machst du dann im Ruhestand? Händchen haltend mit deiner Anna auf dem geblümten Kanapee sitzen? Den Garten umgraben und Geranien ziehen? – Nein, siehst du. Wenn du Zeit hast, dann geht das erst los mit den Antiquitätenmärkten, Auktionen, Schätzungen, oder? Der Markt boomt doch momentan. Und noch was. Die Villa der Kühns, die hat das gewisse Etwas. Wer weiß, vielleicht findet deine Kriminaler-Spürnase da noch ein paar Leichen im Keller. – Haha, war nur ein Witz. Glaubst du doch nicht dran. – Schön, hab ich doch gewusst, dass ich mich auf dich verlassen kann. – In einem Nest namens Wingertshofen, an der Weinstraße, in der Nähe von Neustadt, fast schon im Wald. Vielleicht komm ich auch im Präsidium in Ludwigshafen vorbei. Ich beschreibe dir dann den Weg genau …«

Die Villa eines Dr. Kühn also sollte er begutachten. Anna war zum Glück sowieso mit Schulvorbereitungen beschäftigt, denn das Schuljahr hatte gerade begonnen. Lilli war das ganze Wochenende über bei ihrer Freundin Steffi.

Ohne schlechtes Gewissen also konnte der Chef der Ludwigshafener Kripo seinem Hobby frönen, und leichten Herzens war er am Morgen von Hohenkirch weggefahren. Kein Stau im Weschnitztal behinderte ihn wie sonst, und als er über die Rheinbrücke Richtung Westen fuhr, klopfte sein Herz vor Abenteuerlust. Denn ein Abenteuer war es immer, dieses »Wühlen in altem Krempel«, wie seine Mitarbeiter im Ludwigshafener Kommissariat das Hobby ihres Chefs ein bisschen spöttisch nannten. Und Tochter Lilli, die, seitdem sie vor ein paar Tagen fünfzehn geworden war, sich mehr und mehr von der aufmüpfigen Seite zeigte, hatte erst gestern in der Hobbywerkstatt des Vaters frech ein Schild angebracht: *Friedrichs Hehlerstube: Vergammeltes, Verschimmeltes, Verwurmtes hier teuer zu kaufen.* Friedrich Gontard musste unwillkürlich den Kopf schütteln, als er an seine pubertierende Tochter dachte.

Wingertshofen. Den Namen des Ortes hatte Gontard nie zuvor gehört. Trotz des weinseligen Namens verbarg sich dahinter wohl kaum eine gute Weinlage. Halb im Wald, ab vom Schuss, hatte Walter Hertel gesagt. Einige Weinberge, einige Winzer, aber nicht zu vergleichen mit Maikammer, Ruppertsberg, Gimmeldingen.

Die Villa im Hagebuttenweg 13 war nicht leicht zu finden. Ein Mäanderweg schlängelte sich zwischen einigen nicht sonderlich gepflegt aussehenden Weinbergen hinauf zu einem mit Tannen bewachsenen hügeligen Waldgelände. Ein rostiges schmiedeeisernes Tor krächzte altersschwach in den Angeln, als Friedrich Gontard es mit dem größten Schlüssel am Schlüsselbund aufschloss, den ihm Walter Hertel am Freitag nach Ludwigshafen ins Präsidium gebracht hatte. Ziemlich steil ging es nun einen mit teilweise zerbrochenen Steinplatten ausgelegten Weg hoch. Farne, Unkraut jeder Art, Brennnesseln, ein schon lange nicht mehr gemähter Rasen, Hagebuttenbüsche, Sommerflieder, abgeblühte Rhododendrenstauden und immer wieder Tannen, vor allem Weißtannen, nahm Gontard wahr, als er sich mühsam über den holprigen Pfad und durch das Dickicht hindurchquälte.

Die Villa war in den Zwanziger- oder Dreißigerjahren erbaut worden, und eine runde Loggia, dem Rapunzelturm aus dem Märchen nicht unähnlich, gab dem Bau etwas Anmutiges, aber auch Verwunschenes, zumal dichtes Efeu die Fassade überwucherte. Ein merkwürdiger Geruch, den Gontard zunächst nicht definieren konnte, lag in der Luft. Moder? Schimmel?

Salpeter musste es sein, denn der Sockel der Villa war fast bis zu den Fenstern hoch mit zartem, spinnwebartigem Flaum überzogen. Wie feucht und unwirtlich mag es in der kälteren Jahreszeit hier sein, wenn einen schon an einem solch brütend heißen Tag das Frösteln überkommt, dachte der Besucher.

Gontard musste ein wenig Geduld beweisen, als er die verquollene Haustür aufschloss, neben welcher das Schildchen *Praxis Dr. Josef*

Kühn. Cordelia Kühn angebracht war, ein altmodisches, hübsches Schild mit einer Art-deco-Blumenarabeske.

Gontard knipste den Lichtschalter an und trat in den langen, schmalen Flur. Von der hohen Decke hing eine Jugendstillampe herab und warf ein trübes Licht auf eine Garderobe, die mit Schirmen und zwei Regenmänteln behängt war und den Eindruck erweckte, als sei die Villa bewohnt. An der ersten Tür rechts war ein Messingschild mit der Aufschrift *Wartezimmer* angebracht. Friedrich Gontard betrat den Raum, der mit Fünfzigerjahremöbeln ausgestattet war: Auf dem Nierentisch lagen alte Magazine, die Stühle hatten bonbonfarbene Bezüge. Zwei trichterförmige Sessel ließen Gontard schmunzeln, als er sich vorstellte, dass übergewichtige Patienten sich hier plumpsend niedergelassen hatten und ohne die Hilfe der Arzthelferin nicht mehr alleine hochgekommen waren. Tütenförmig waren auch die Wandlämpchen und eine Stehlampe.

Nur Drucke, wie sein geübtes Auge blitzschnell erfasste, schmückten die Wände, deren Tapete in Türkis und Hellrosa gehalten war. Van Goghs Sonnenblumen, Monets Bild mit Frauen und Kindern im Klatschmohnfeld, das Renoirmädchen mit der Gießkanne, die betenden Hände von Dürer, der Dürerhase, Botticellis Venus. Gefällige, weltbekannte Motive für jedermann, zudem eben leider nur Drucke. Für ihn fade und abgedroschen. Und auch für den Erben in Denver, Colorado wertlos.

Praxis stand auf der nächsten Tür. Gontard trat ein und schreckte zurück. Dunkle, fast schwarze Gründerjahremöbel mit gedrechselten Säulen füllten den sowieso schon sehr kleinen Raum fast gänzlich aus. Der schwere Schreibtisch, ein monumentaler Bücherschrank mit den für eine Arztpraxis obligatorischen Fachbüchern, Zeitschriften und Schwarten über die ärztliche Kunst, und ein großes Büfett gaben dem winzigen Raum etwas Klaustrophobisches.

Gontard fasste sich unwillkürlich an den Hals, denn er meinte zu ersticken.

Er öffnete das rechte kleine, von außen vergitterte Fenster und atmete tief durch, doch dies brachte keineswegs Erleichterung, im Gegenteil. Von draußen drang der penetrante Salpetergeruch ins Zimmerchen und verpestete die ohnehin stickige Luft noch mehr. Gontard schloss das Fenster. Reiß dich zusammen, sagte er sich.

Gründerzeitmöbel waren zur Zeit nicht sonderlich gefragt, ein Fall für den Sperrmüll vielleicht, man würde sehen.

Hoffentlich ging diese Antiquitäten-Schätzerei nicht so trostlos und enttäuschend weiter. Warum hatte er sich nur auf Walter Hertels Auftrag eingelassen? Er hatte wegen dieser Sache eine Auktion bei Berlinghof in Heidelberg streichen müssen. Doch ein Blick auf die Wand über dem Schreibtisch versöhnte den Hobbyschätzer mit seinem Schicksal. Wenn ihn nicht alles täuschte, war dieses große Gemälde mit dem Löwen ein echter Otto Dill. Ein Dill brachte heutzutage gut und gerne zehntausend DM ein, wenn nicht sogar mehr. Tatsächlich, da war ganz deutlich die Signatur zu erkennen. Er würde es überprüfen lassen.

Gontard ging durchs Wartezimmer in den Flur zurück und öffnete die Küchentür. Eine funktionale Küche war das, nicht auf dem neuesten technischen Stand, aber einigermaßen modern. Einige dekorative Kaffeemühlen, Backformen aus Kupfer, Messing und Blech, Holzmodeln, Teller aus Bauernkeramik gaben dieser funktionalen Küche etwas Heimeliges. Dies waren nostalgische Gegenstände, geeignet, auf dem Trödel- und Flohmarkt verkauft zu werden. Er würde Anna diesen Trödelkram anbieten, denn seit ein paar Jahren fand sie Spaß daran, ab und zu einen Flohmarktstand zu bestücken und stolz mit einigen hundert DM heimzukommen. »Meine großelterliche Kaufmannsseele meldet sich«, sagte sie dann.

Als er wieder im Flur stand, wunderte er sich, dass er all die Bilder nicht wahrgenommen hatte, welche die beiden Wände rechts und links schmückten. Das funzelige Licht der Hängelampe musste schuld daran gewesen sein.

Das waren doch alles diese Pfälzer Maler, nicht Otto Dill diesmal, aber die Strichlers, Vater und Tochter, und die Croissants, von denen es mehrere gab, eine wahre Malerdynastie. Eine Amaryllis, Nelken in einer Vase, eine Südpfälzer Landschaft. Alle drei Bilder waren mit einer Signatur versehen: *Hermann Croissant.* Daneben ein Porträt, signiert mit *Karl Dillinger.*

Und dort drüben: eine Lithographie. Friedrich Gontard trat ganz nahe heran. Das war ein Original von Heinrich Jakob Fried: *Die Burg Landeck bei Klingenmünster aus dem Jahr 1830.* Da war doch diese Anzeige im Sammlerjournal gewesen, wie sich Gontard erinnerte. Ein Inserat des Landauer Antikgeschäfts Zinnkann: *Pfälzer Maler gesucht.* Er würde sich gleich nächste Woche an diese Zinnkann-Leute wenden. Slevogt, Purrmann, das wäre ein Coup, aber die anderen Maler waren auch gut gefragt zur Zeit.

Friedrich Gontard öffnete in Gedanken versunken die Tür zum Wohnzimmer und musste erst einmal die Luft anhalten. Er trat einen Schritt zurück, kniff sich in den Arm, denn er glaubte zu träumen. Nach all den grauslichen wilhelminischen Gründerzeitmöbeln, den Nierentischen und sonstigem Plunder der Fünfzigerjahre und der funktionalen Küche diese Pracht!

Er sah sich einer barocken Nussbaum-Aufsatzkommode westfälischer Provenienz gegenüber, die derjenigen glich, die neulich im Kölner Kunsthaus am Museum der Carola van Ham etwa vierzigtausend DM erzielt hatte. In der *Weltkunst* hatte er davon gelesen und sich insgeheim vorgestellt, was er wohl für Augen machen würde, wenn er ein einziges Mal ein solch edles Stück entdecken würde. Friedrich Gontard trat näher an das noble Möbelstück heran und strich liebevoll mit den Händen darüber. Die Intarsien aus verschiedenen Edelhölzern waren jenen ähnlich, die er auf der Abbildung in der *Weltkunst* gesehen hatte.

Dafür würde sich doch sein holländischer Freund Willem van der Neer interessieren, der in Eindhoven ein großes Antiquitätengeschäft mit Auktionshaus besaß. Aber waren die Holländer momentan nicht bestens versorgt mit den Antiquitäten, die illegal aus der DDR eingeführt wurden? Von Willem wusste Gontard, dass in holländischen Antiquitätenhändlerkreisen schon Wetten abgeschlossen wurden, wie lange das Regime dort drüben noch bestehen würde und wann denen die Luft ausginge. Riesencontainer aus der DDR wurden jede Woche in Belgien oder Holland ausgeladen, vollgestopft mit den erlesensten Möbeln und anderen Pretiosen, alles mit Duldung oder gar im Auftrag der KOKO, der »Kommerziellen Koordinierung«, wie gemunkelt wurde. Und ein Name wurde hinter vorgehaltener Hand immer wieder genannt: Alexander Schalck-Golodkowski, der im Auftrag der DDR-Funktionäre Waffen und Antiquitäten zwecks Devisenbeschaffung ins Ausland verscherbelte.

Vielleicht würde er vorerst nicht Willem fragen, sondern die Auktionshäuser Metz oder Berlinghof in Heidelberg. Und das Meißener und Frankenthaler Geschirr, das er auf der Pfälzer Barock-Kommode dort drüben erblickte, würde er den Brüdern Benno und Hansi Winterstein anbieten. Mit den beiden handelte er gerne, sie waren Experten für Porzellan aus dem achtzehnten und neunzehnten Jahrhundert.

Gontard zog einige Schubladen auf. Silberbesteck mit Monogramm: *HvB*. Da gab es Adlige in der Familie Kühn, wie es aussah. Auch das Silber würde die Brüder Winterstein interessieren.

Da steckt Arbeit für mehrere Wochenenden drin, dachte Friedrich Gontard. Was würde Anna dazu sagen? Zum Glück war sie eine Frau, die eigene Hobbys hatte und nicht zu sehr an ihrem Ehemann festklebte. Sie malte gerne am Wochenende, wenn sie nicht gerade Korrekturen zu erledigen hatte.

Gontard öffnete die untere Schublade der Pfälzer Barockkommode. Nichts Wertvolles war hier zu entdecken, dafür Persönliches aus dem Haushalt Kühn. Fotoalben kamen zum Vorschein. Das ist unverkäuflich, am besten werfe ich alles gleich in die Mülltonne, dachte Gontard. Der amerikanische Erbe, das wusste er von Walter Hertel, kannte seine Verwandten nicht. Er würde sich kaum für alte Fotos interessieren.

Aber Fotoalben hatten für Gontard immer schon eine magische Anziehungskraft besessen, und fast mechanisch kniete er, ein wenig mühsam, vor der geöffneten Schublade, nahm das zuoberst liegende Album hervor und begann zu blättern.

Wieder einmal fühlte er sich elend und gemein, als sei er ein Leichenfledderer, als er diesen persönlichen Gegenstand ans Licht hielt. An vielen Tatorten hatte er gewühlt wie eben jetzt. Dieser Ort hier kam ihm aber viel unheimlicher vor als jeder Tatort, denn die Stille, der Salpetergeruch, das Modrige und Stickige der seit einem halben Jahr verwaisten Villa erschienen ihm bedrückend und schwer. Es fehlte die Betriebsamkeit, die Hektik der herumwuselnden Menschen, die sich berufsmäßig an Tatorten zu schaffen machten.

Es fehlt die Leiche, es fehlt die Tat, sagte sich Gontard.

Die Neugier verleitete ihn, das Album nicht zurückzulegen und die schwere Schublade energisch zu schließen, sondern es zu öffnen. Die Menschen, die hier in diesem Haus gelebt hatten, sie gingen ihn doch nichts an, er hatte hier Gegenstände zu evaluieren.

Unsere Kinder stand auf dem Album, das mit kindlichen Motiven beklebt war, Entchen, Blumen, Katzen und Hunden, bunten Vögeln.

Auf der ersten Seite ein junges Ehepaar mit einem Baby.

Mai 1941. Vati, Mutti, Della 10 Wochen alt, stand darunter geschrieben. Die Mutter, eine zierliche, fast zerbrechlich wirkende Blondine mit der modischen »Olympiarolle« und einem zu Löckchen gedrehten kurzen Pony, schaute zu ihrem Mann hoch, der das Baby stolz im Arm hielt und geradeaus in die Kamera blickte. Ein gut aussehender dunkelhaariger großer Mann mit glatt gescheiteltem Haar war das. Er trug eine Soldatenuniform und hatte den Arm in einer Schlinge.

War das Dr. Kühn? Auf Heimaturlaub und verwundet?

Gontards Neugier wuchs. Wer war Della? Bestimmt Cordelias Geschwisterchen.

Es folgten Fotos von *Della mit Vati, Della mit Mutti* in verschiedenen Kleinkind-Phasen und -Posen, dazwischen auch *Della mit Thekla*. Thekla, das Kindermädchen, spekulierte Gontard.

Dann ein witziges Bild mit einer etwa zweijährigen Della mit Hahnenkammfrisur und einem gleichermaßen trotzigen und ängstlichen Gesichtsausdruck, die gleich drei Schildkrötpuppen an sich presste. Darunter in Sütterlinschrift: *Nimm mir nicht meine Puppenkinder weg!*

Niedlich, die Kleine, dachte Friedrich Gontard. So wie Lilli auch einmal niedlich gewesen war. Heute ist sie nur noch trotzig.

Ob das vorübergehen würde? Er hoffte es inständig, vor allem für Anna, der gegenüber Lilli in der letzten Zeit besonders aufmüpfig war.

Er blätterte weiter: *Vati und Della bei Monikas Hochzeit, Juli 1946.*

Della mit Haarkränzchen, im langen weißen Kleid und mit einem Korb zum Blumenstreuen, an der Hand des Vaters.

Schulfotos, Klassenfotos, eine etwa zwölfjährige Della, vor Freude strahlend, mit einem weiß-grau getigerten, schwächlich aussehenden Kätzchen im Schoß. Zopffrisur und kurzes Pony.

Dann ein Foto, bei dem Gontard laut herausprustete.

1957. Abschlussball des Tanzstundenkurses bei Wienholt, Landau.

Della, das blonde Haar zu einer Innenrolle gedreht, weiter Rock und vorspitzender Petticoat, Pumps, mit einer Reihe junger Leute, pärchenweise mit ihren Tanzstundenpartnern an einem mit Blumenarrangements geschmückten Tisch sitzend. Neben Della ein junger Mann, dessen Gesicht auf dem Foto mit einer Schere herausgekratzt worden war. Der junge Mann ohne Gesicht hatte schwere Pranken, am Finger einen auffallend großen Ring.

Dann abermals ein Foto, beschriftet von der vorherigen Hand: *Vati und Della beim Eröffnungstanz zum Schützenball/Wingertshofen 1958*. Ein stolzer Vater und eine etwas verlegen dreinschauende Della mit blonder Lockenfrisur.

Wem gehörte die Sütterlinschrift? Vermutlich der »Mutti«. Es gab, so erinnerte sich Gontard, diese Familien, in denen die Ehepaare sich gegenseitig mit »Vati« und »Mutti« titulierten.

Das letzte Foto im Album zeigte eine Della, die, aus schrägen Augen katzenhaft den Betrachter fixierend, in der halb provozierenden, halb gehemmten und gezierten Pose, typisch für die Teenager der Fünfziger- und Sechzigerjahre, in einem Minirock auf dem Sofa sitzt. Das Foto erinnerte Gontard an einige Fotos, auf denen Anna ähnlich geziert, schüchtern und provozierend zugleich, vor der Kamera posierte, zwischen Prüderie und Verführung. Diese Della war eine Altersgenossin Annas.

Gontard klappte das Album zu.

Unsere Kinder: Das Album hielt nicht, was das Cover versprach. Es zeigte nur Fotos von einem einzigen Kind, Della. Ein komischer Name. Wo waren die anderen Kinder? Gontard legte das Album in die Schublade zurück und schloss sie, in Gedanken versunken. Er erhob sich ein wenig mühsam. Das Alter lässt grüßen, dachte er.

Er ging im Zimmer auf und ab, drehte eine Vase um. Er hatte richtig vermutet. Sie war mit CT gemarkt, Carl Theodor, Frankenthal, achtzehntes Jahrhundert.

Die Brüder Winterstein würden sich freuen. Und bestimmt gäbe es noch mehr an wertvollem altem Porzellan in diesem Haushalt.

Friedrich Gontard begab sich in die Nische der Loggia. Er knipste das Lämpchen an, das auf einer Bauerntruhe aus Weichholz stand, und er zuckte zusammen. Viele Kinderköpfe hingen an einer Wand, vielleicht zehn oder fünfzehn, in verschiedenen Größen. Es waren

Engelsköpfe, aus Holz geschnitzt und zum Teil vergoldet und bemalt, von einem Sammler aufgehängt, der, wie es schien, eine Vorliebe für das Barock gehabt hatte. Offenbar auch für sakrale Kunstwerke, denn Monstranzen und mehrere geschnitzte Heiligenfiguren standen auf einer Konsole unter einem Barockspiegel und in Regalen zwischen Büchern, meist Kunst- und Reisebüchern und Klassikern, wie sie in einem großbürgerlichen Haus nicht fehlen durften. Auffallend viele englische Titel registrierte Gontards geübtes Auge: Chaucer, Shakespeare, Goldsmith, Lord Byron, Jane Austen, die Brontës, Dickens, Oscar Wilde, James Joyce, G. B. Shaw. Unter den deutschen Klassikern auffallend viel Nietzsche. Und unter den Modernen viel Gottfried Benn.

Es klingelte mehrmals an der Tür. Friedrich Gontard erwachte wie aus Träumen. Wer konnte das sein? Er ging durch den dämmrigen Flur und öffnete die Haustür.

Eine große stattliche Frau, vermutlich ein paar Jahre jünger als er selbst, stand ihm gegenüber. Mit ihren breiten Wangenknochen und dem ausgeprägten vollen Mund erinnerte sie ein wenig an eine russische Bäuerin.

Eine Matrouschka, dachte Gontard.

»Was machen Sie hier?«, sagten beide gleichzeitig und mussten lachen.

»Ich bin Emmi Gruber«, sagte die Matrouschka, »ich war viele Jahre Haushälterin hier bei Kühns, und ich gucke ab und zu mal nach dem Rechten, seit ...« Sie schluckte. »Ich lüfte das Haus und so weiter.«

Das Lüften nützt aber herzlich wenig, dachte Gontard, doch die Höflichkeit verbot es ihm, das Gedachte auszusprechen. Er erklärte seine Mission, und Emmi Gruber schien erleichtert.

»Ich habe ganz schön Angst gehabt, es hätten ja Einbrecher sein können. Das Haus liegt so einsam und versteckt, aber da waren alle Lichter angeknipst. Man braucht ja auch am Tag Licht in einigen Räumen, dunkel wie das ist, aber Einbrecher hantieren wohl doch eher mit Taschenlampen. Ich wollte zuerst ins Haus schleichen, ich habe einen Schlüssel, aber dann habe ich doch lieber geklingelt.«

Emmi Gruber war indessen Gontard ins Haus gefolgt, wo sie sich weiter unterhielten.

»Ich habe mal eine Frage, Frau Gruber: Wie viele Kinder hatten Kühns? Und wer ist Della?«

»Sie hatten nur ein Kind, leider. Da war die Krankheit von Frau Doktor.« Sie sagte tatsächlich Frau Doktor, obwohl Gontard bezweifelte, dass auch die Frau des Arztes den Titel trug.

»Alles lange her.« Emmi Gruber schaute, wie es Gontard schien, verlegen auf ihre breiten Hände, die ein arbeitsames Leben verrieten. Doch sie hielt sich nicht lange mit Nachdenklichkeiten auf und fuhr fort: »Della? Cordelia natürlich. Sie wurde als Kind immer Della genannt, so ist sie Della geblieben. Bis zuletzt.«

Letzteres sprach sie mit leicht schwankender Stimme.

»Sie waren Della sehr nahe?«

»Ich bin ins Haus gekommen, als sie fünf Jahre alt war. Ich habe Thekla abgelöst. Meine Vorgängerin. Ich war froh damals, das war 1946, dass ich hier Arbeit gefunden habe. Die mögen keine Fremden hier. Damals mochten sie sie nicht, und heute ist das nicht anders.«

War sie Russin? Aber nein. Jetzt fiel Gontard auf, dass Emmi Gruber sprach wie die Menschen, die aus den ehemaligen deutschen Gebieten im Osten stammten. Aus der Tschechoslowakei, Ungarn, Rumänien. Die Siebenbürger Sachsen, die Donauschwaben, die Menschen aus dem Banat und der Batschka, sie hatten alle diesen Akzent. Als könne sie Gedanken lesen, sagte Emmi Gruber: »Aus der Batschka sind wir vertrieben worden. Im Flüchtlingslager haben wir ganz lange warten müssen, und dann sind wir hier in die Gegend gekommen. Wissen Sie, was das Schlimmste war? Unser Großvater blieb zurück, er wollte den Hof und seine Tiere nicht im

Stich lassen. Sie haben ihn umgebracht. Und dann das mit unseren Pferden ...«

Gontard verstand nicht, und Emmi Gruber fuhr fort:

»Unsere beiden Pferde, Max und Berta. Sie haben unseren Wagen gezogen, die ganze weite Strecke, sie haben uns das Leben gerettet, und als wir im Auffanglager angekommen sind, hat man Max und Berta geschlachtet. Einfach abgeschlachtet.«

»Es war eine schlimme Zeit, Frau Gruber, ja. Für Menschen und Tiere.«

Sie sprachen beide eine Weile nichts, jeder hing seinen Erinnerungen nach, dann unterbrach Gontard das Schweigen: »Woran ist Cordelia Kühn, Della, woran ist sie eigentlich gestorben?«

»Mit ihrem Herzen war etwas nicht in Ordnung.«

Emmi Grubers Antwort kam barsch, keine weiteren Fragen duldend. Friedrich Gontard musste sich mit der knappen Antwort zufrieden geben. Cordelia Kühn war relativ jung gestorben, mit noch nicht fünfzig. Aber was ging es ihn an? Für Emmi Gruber war er ein Antiquitätenschätzer. Von seinem eigentlichen Beruf hatte er nichts gesagt. Er spielte hier auch keine Rolle.

»Jetzt muss ich aber gehen. Es ist ja alles in Ordnung, wie ich sehe. Keine Einbrecher. Ich muss nämlich heute die Tochter meiner Nachbarin hüten.«

»Babysitten? Wie nett.«

»Babysitten nicht genau, aber so ähnlich«, lautete die energisch hervorgebrachte Antwort. Emmi Gruber schien es zu gefallen, halbe Andeutungen zu machen und es dabei zu belassen.

»Wir werden uns bestimmt noch sehen«, sagte Friedrich Gontard. »Da ist noch einiges zu durchsuchen. Den oberen Stock habe ich noch gar nicht besichtigt.«

»Da sind ja nur die Schlafzimmer. Und Dellas Atelier, wie ich es nenne.«

»Sie hat gemalt?«

»Ja, ein bisschen. Zum Spaß. Oben hängen ihre eigenen Bilder.«

Hoffentlich nicht auch im unteren Stock, ging es dem anspruchsvollen Kunstliebhaber Gontard durch den Kopf. Am Ende sind das hier unten Dellas Fälschungen. Nein, wie absurd. Wer würde Otto Dill, die Croissants und die Strieffiers fälschen? Dann schon eher Hochkarätigeres. Und einen Rembrandt oder einen Vermeer hatte er noch nicht entdeckt bei seinem Streifzug.

»Dann bis bald«, sagte Emmi Gruber.

Sie wohnte unten im Dorf, nicht weit von der Kühnschen Villa entfernt, hatte sie Gontard verraten.

Neugierig geworden, ging Gontard nach oben. Auch im Treppenhaus hingen, so konstatierte er auf den ersten Blick, Pfälzer Maler: südpfälzische Landschaftsbilder, der Toskana nicht unähnlich, sanft gewellte Hügel, mit Reben bewachsene Fachwerkhäuser oder Gutshöfe von Winzern, ländliche Szenen. Weinlese, Kartoffelernte, Mädchen an Dorfbrunnen.

Ein großes Gemälde ragte aus dieser Gleichförmigkeit von Dorfidyllen und Bauernromantik heraus. Gontard pfiff durch die Zähne, als er es erblickte. Das würde einiges bringen für den Mann aus Denver.

Genreszenen wie dieses Bild hier aus dem neunzehnten Jahrhundert, zudem mit leicht ironischem oder gesellschaftskritischem Touch, waren derzeit gefragt unter Gemäldesammlern. Es gab einen soliden Käuferkreis dafür. Signiert war das großformatige Bild außerdem, und am Rahmen war ein beschriftetes Metallschildchen angebracht wie bei den Gemälden in Museen:

Die heimatlosen Karrenzieher

Mathias Schmid (1835-1923)

Was auf den ersten Blick aussehen mochte wie ein Kitschbild, wirkte auf Gontard auf zweierlei Art, es berührte ihn zutiefst und es erweckte seine Bewunderung für das handwerkliche Können des Künstlers: Vor einer alpenländischen Kulisse zieht eine bitterarme kleine Familie einen schweren Planwagen einen steinigen schmalen Weg hoch. Ein junger Mann, eine junge Frau mit dem Säugling auf dem Arm, ein kleiner Junge und ein Mädchen, selbst die sehr alte Großmutter, sie alle sind vor den Wagen gespannt. Für ein Pferd ist kein Geld vorhanden. Ein kleiner Hund läuft vor der Gruppe her. Der Mann zieht tief ergeben und ehrfürchtig den Hut vor zwei Pfaffen, einem dicken, dessen Soutane sich über dem Bauch spannt, und einem spindeldürren, der aussieht wie der Pater Filuzius, jene treffliche Wilhelm Busch-Karikatur eines heuchlerischen Geistlichen. Die beiden Vertreter der Geistlichkeit stehen an die Felswand gelehnt, fest und sicher, und schauen leicht verächtlich auf die Hungerleider, die da an ihnen vorbeiziehen, nahe am Abgrund und knapp vorm Hinabstürzen in die Schlucht.

Friedrich Gontard war tief bewegt von der anklagenden Botschaft, die der Maler in seinem Gemälde auszudrücken verstand. Er war gerade dabei, sich noch einmal die Signatur auf dem Gemälde näher anzusehen, als es wieder an der Haustür klingelte.

Emmi Gruber hat etwas vergessen und kommt zurück, dachte er und lief eilig die Treppe hinunter, um zu öffnen.

Ein junger Mann, der auffallend gut aussah mit seinem dunklen Haar und dem gut geschnittenen Gesicht, dazu adrett gekleidet, stand vor ihm.

»Cordelia Kühn ist zuhause?«, fragte er.

»Cordelia Kühn ist vor einem halben Jahr verstorben«, gab Gontard zur Auskunft.

Ohne weitere Fragen zu stellen, drehte sich der junge Mann auf dem Absatz um und lief, wie von tausend Teufeln gejagt, die ausgetretenen und beschädigten Platten hinunter zum Gartentor. Das Tor wurde zugeschlagen, ein Auto wurde gestartet, fuhr rasend weg. Dann Stille.

Dies ist ein Haus der toten Seelen, dachte Gontard. Das war schon eine merkwürdige Begegnung gewesen. Ein seltsamer junger Mann.

Es war spät geworden. Gontard schaute auf die englische Standuhr, die im Flur stand. Der Sammler in ihm schätzte die *Grandfather-Clock* – mit Mondphasenzifferblatt und hübsch bemalt, ein beliebtes Stück auf dem derzeitigen Antiquitätenmarkt – auf etwa dreitausend bis viertausend DM. Aber die Uhrzeit interessierte ihn gerade mehr als der Verkaufswert. Es war zwanzig Uhr zwanzig. So spät schon! Eigentlich müsste er aufbrechen, denn eine Stunde würde es dauern, bis er wieder in Hohenkirch angekommen wäre. Und morgen musste er ins Kommissariat. Doch wider besseres Wissen entschloss er sich, noch eine Stunde zu bleiben.

Er hatte noch gar nichts in sein Büchlein notiert, nur taxiert, mental registriert, was all diese Gegenstände wert sein mochten.

Er setzte sich an den großen Esstisch im Wohnzimmer, ebenfalls ein edles barockes Stück. Das obere Stockwerk, so sehr ihn die von Emmi Gruber erwähnten Bilder interessierten, würde warten müssen bis zum nächsten freien Wochenende.

Die französische *Boulle*-Uhr auf der Barockkonsole schlug die halbe Stunde an. Halb elf. Wie lange er gearbeitet und dabei die Zeit vergessen hatte! Er löschte alle Lichter, schloss das Haus sorgfältig ab und ging zu seinem Wagen. Zum Glück hatte er seine Taschenlampe dabei, sonst wäre er gestolpert und vielleicht hingefallen auf den mit Unkraut überwucherten brüchigen Steinplatten, von Baumwurzeln hochgehoben.

Er fuhr durch Rhodt unter Rietburg und hätte beinahe die Katze überfahren.

Endlich daheim angekommen, schloss er todmüde die Haustür auf. Willi, der große weiße Wuschelhund, kam freudig schwanzwedelnd auf ihn zugetrottet.

»Alt wirst du, Willi, mein Guter«, sagte Gontard und kraulte Willis immer noch schönes weiches Fell. »Wie der Herr, so's Gescherr, stimmt's?«

Willi, der die Sprache der Menschen verstand, wedelte voller

Zustimmung mit dem Schweif und legte sich seufzend in seinen weich gepolsterten großen Hundekorb im Flur, den großen Kopf zwischen den Vorderpfoten.

Von Lillis Zimmer oben war nichts zu hören. Kein Wunder. Morgen musste sie früh aufstehen, der Unterricht begann in ihrem Gymnasium schon um halb acht. Auch Anna schlief tief und fest, als Gontard sich ganz leise neben ihr zu Bett begab. Sie hatte montags zur ersten Stunde Unterricht und würde schon vor Mann und Tochter aufstehen, um das Frühstück zu richten.

Mal sehen, was mich in der neuen Woche in Ludwigshafen erwartet, dachte Friedrich Gontard.

Er freute sich schon auf das nächste Wochenende, wenn er sein Schätzen und Katalogisieren der Kühnschen Pretiosen fortführen würde.

Am meisten war er auf den oberen Stock der Villa gespannt, denn bevor er von dem mysteriösen jungen Mann mit seinem Geklingel bei der Besichtigung gestört worden war, hatte er im Hintergrund des oberen Flurs vage eine Vitrine mit alten Puppen, einem Puppenhaus und diversem nostalgischem Nippeskram erspäht. Da würde etwas für Annas Flohmarktverkäufe dabei sein, oder vielleicht etwas für die Ladenburger Spielzeugbörse. Spielzeug und schöne alte Puppen standen hoch im Kurs.

Gibt es das, war Gontards letzter Gedanke, bevor er in einen ebenso tiefen Schlaf wie Anna neben ihm versank. Gibt es das, dass einer so reich ist, dass ihn ein so schönes Erbe nicht interessiert? Es ist doch nicht nur das Geld. Ach, all die wundervollen alten Sachen …

3. KAPITEL

Ein neuer Fall für Gontard

Friedrich Gontard eilte die Treppen zum Ludwigshafener Polizeikommissariat hinauf. Wie immer nahm er zwei Stufen auf einmal, doch oben angekommen, blieb er kurz stehen und atmete gleichmäßig ein und aus. Das Leben fängt zwar erst mit sechsundsechzig Jahren an, wie der Schlager Hoffnung versprühend verkündete, also war er, Gontard, der in wenigen Tagen vierundsechzig Jahre alt werden würde, noch gar nicht geboren, doch neuerdings fühlte er seine Jahre immer öfter.

Dieser verdammte Stau im Weinheimer Tal. Vielleicht sollte doch der Tunnel gebaut werden, wenn auch die Umweltschützer mit ihren Argumenten seine ganze Sympathie hatten. Aber jeden Morgen im Nadelöhr zu stecken, das nervte doch erheblich. Fast zehn Minuten Verspätung, das war Gontard peinlich.

Er betrat sein Büro und wurde von Carmen Buchenauer, seiner Sekretärin, temperamentvoll begrüßt: »Ei Chef, widder mol im Stau gschdonne? Mir zwee sin halt in de gleische Situation: rechtsrheinisch wohne un linksrheinisch schaffe. Un als widder iwwer die Brick un widder zurigg. Do, Chef, jetztert setzen Se sisch erscht emol un trinke Se e Tässel vun moim guude Kaffee.«

Wie eine besorgte Mutter, die ihr Kind päppelt, drückte sie den Chef energisch in seinen Bürosessel und stellte eine Riesentasse mit dampfendem Milchkaffee, wie Gontard ihn liebte, vor ihn hin. Sie hatte die Tasse selbst getöpfert und sie Gontard letztes Jahr zum

Geburtstag geschenkt: dunkelblau und im Stil der elsässischen Töpferwaren mit margeritenähnlichen Blümchen verziert. Darunter in cremefarbenem Schriftzug: *Dem lieben Chef.*

Carmen Buchenauer war Mannheimer Urgestein. Im Jungbusch geboren und aufgewachsen, war sie »aufgestiegen« und wohnte jetzt in B7, nahe des Schlosses der Quadratestadt. Sie war Ende dreißig, hatte Pech mit allen ihren Männern gehabt und suchte dennoch unverdrossen weiterhin nach dem Richtigen. Weil sie erstens aussah wie Joy Fleming und zweitens fast ebenso umwerfend gut singen konnte wie die beliebte Mannheimer Rockröhre, hieß sie bei ihren Ludwigshafener Kollegen nur »Joy Two«.

Bei den Betriebsfesten, den Jubiläen und sonstigen festlichen Ereignissen des Kommissariats sang Joy Two, und sie sang nicht nur den *Neckarbrückenblues.*

Friedrich Gontard war bestens informiert über Carmen Buchenauers Herzschmerzen und ihren Beziehungsstress. Sie, die ihren Vater nie gekannt hatte, weil er nach ihrer Geburt mit einem ganz jungen Mädchen nach Australien ausgebüchst war und seine Frau mit fünf Kindern und dem Baby Carmen sitzen ließ, sah ihn als eine Art Vaterersatz.

Doch jetzt gerade waren die Rollen eher vertauscht. »Mama Joy« legte Gontard noch einen Mohrenkopf neben die selbstgetöpferte Riesentasse. »Vun de Mannemer Mess, ganz frisch un knackisch. Schoklad, des beruhigt immer. Misch wenigschdens.«

»Ja, Schokolade, das ist gut für die Seele. Und fürs Herz«, stimmte der Chef zu. »Aber nicht für meinen Bauch. Ich werde in der letzten Zeit ein bisschen rundlich um die Mitte. Meine Frau Anna kann essen und essen und nimmt nicht zu, zumal sie momentan im Aerobic- und Fitnessfieber ist, und ich, ich kann essen und essen und nehm einfach nicht ab.«

Carmen Buchenauer kringelte sich vor Lachen.

»Des is guud, Chef, den Witz muss isch mer merke.«

Das Telefon klingelte schrill vom kleinen Nebenraum.

»Isch geh schun, Chef, trinken Se mol Ihrn Kaffee un mampfen Se den Mohrekopp.«

Als sie zurückkam, berichtete sie, es gäbe einen neuen Fall für den Chef. An der Weinstraße bei Edenkoben sei eine männliche Leiche entdeckt worden. Genau genommen in einem Weinberg in Rhodt unter Rietburg. Es sähe nach Fremdeinwirkung aus.

Carmen Buchenauer wunderte sich, dass der Chef nicht, wie sonst üblich bei solchen Meldungen, sofort hochsprang und aktiv wurde. Stattdessen blieb er wie angewurzelt in seinem Chefsessel sitzen und reagierte nicht.

Er wird alt, dachte sie, der arme Chef.

»Chef?«, fragte sie, als er immer noch nicht reagierte. »Is was?«

Der Chef war immer für eine Überraschung gut, denn wie von der Tarantel gestochen sprang er plötzlich auf und sagte: »In Rhodt unter Rietburg ist die Leiche gefunden worden? Da hätte ich ja gleich dort unten übernachten können.«

Nun war Carmen Buchenauer an der Reihe, erstarrt dazusitzen.

»Ich erkläre Ihnen später, was ich damit meine. Kommen Sie, wir dürfen keine Zeit versäumen. Trommeln Sie mir bitte den üblichen Tross zusammen, für die Tatortbesichtigung.«

Das Kommissariat war momentan ein wenig unterbesetzt. Einige der Beamten, die schulpflichtige Kinder hatten und in Baden-Württemberg wohnten, in Mannheim, Heidelberg oder Schwetzingen und Umgebung, wo die Schulferien noch bis in den September hinein dauerten, waren noch in Urlaub.

Der Assistent, der Gontard in den letzten Wochen zugeteilt gewesen war, ein junger sportlicher Mann, hatte sich beim Surfen am Atlantik den Arm gebrochen und außerdem ein Schleudertrauma zugezogen und würde vorläufig ausfallen. Das würde noch einmal heftig werden vor der Pensionierung.

Im Dorf Rhodt unter Rietburg fuhr Gontard an der Stelle vorbei, wo er gestern Nacht beinahe das Kätzchen überfahren hätte, und an der Kurve bog er nach rechts in die Theresienstraße ein, welche zu den Weinbergen hochführte, die am Fuß der Villa Ludwigshöhe lagen.

Die hübsche, geschichtsträchtige Straße mit ihren vielen Renaissancetoren und Weinstuben und Winzerhöfen kam ihm heute trist vor, trotz der blühenden Oleander, der Reben, der Feigenbäume und der Kiwis vor den Gehöften. Er hatte keinen Blick für die Schönheit der Fassaden und für die prächtigen Pflanzen.

Wo einst die edle Karosse der Frau des Bayernkönigs Ludwigs I. die Herrin Theresia sonntags vom Schloss zur Dorfkirche zum Gottesdienst hinabkutschiert hatte, würde heute ein Leichenwagen einen Ermordeten abtransportieren.

Welcher Anblick würde ihn am Tatort erwarten? Auch nach den vielen Dienstjahren hatte der Chef der Ludwigshafener Kripo immer noch nicht den Grad an Abgebrühtheit erreicht, ohne Herzklopfen den Ort eines Verbrechens zu betreten. Ein Toter im Weinberg, das war alles, was ihm an Informationen zur Verfügung stand. Erdrosselt, erschossen, erdolcht, blutüberströmt, gar zerstückelt, alles war möglich, ein ganzes Schreckensszenarium vergangener Tatortbesichtigungen spulte sich vor seinem geistigen Auge ab. Fast erleichtert nahm er daher den Anblick wahr, der sich ihm bot, als die Decke zurückgeschlagen wurde, unter der das Opfer lag.

Ein Träumer, dachte er. Einer, der schläft und träumt, liegt hier unter dem Kastanienbaum. Es muss schön sein, an so einem heißen Tag wie diesem einfach so im Schatten zu liegen und zu träumen. Wie bei *Hamlet.*

Dies hier war der Schlaf des Todes. Keine Gewaltspuren, soweit es auf den ersten Blick den Anschein hatte, keine Verletzungen entstellten den Toten. Friedrich Gontard trat näher, um das Gesicht des Toten zu prüfen, und er schrak zurück. Er kannte ihn. Dies war der junge Mann von gestern Abend, der vor ihm im von der Hitze ausgedörrten Gras lag. Der junge Mann, der nach Cordelia Kühn gefragt und wie besessen davongerannt war, ohne sich umzudrehen, nachdem er von ihrem Tod erfahren hatte.

Der Gerichtsmediziner, ein neuer, den Gontard noch nie zuvor gesehen hatte, traf ein, stellte sich dem Kripochef als Dr. Armin Jungbluth vor und machte sich an der Leiche zu schaffen. Er klang forsch und selbstbewusst. Sein Assistent, der ihm fast zum Verwechseln ähnlich sah, schleppte einen schweren schwarzen Arztkoffer und stellte ihn auf dem dürren, gelblichen Gras ab.

Alle sind neuerdings so jung bei der Polizei. Nein. Nicht die anderen sind so jung, ich selbst bin so alt, das ist die Crux. Gontard überwand den unguten Gedanken, nun bald zum alten Eisen zu gehören und demnächst mühelos ersetzt zu werden, gab sich einen Ruck und wandte sich dem Dorfpolizisten zu, der einen Mann in Handschellen mit sich führte.

»Oskar Wambsganß, Polizeiwachtmeister«, stellte er sich dem Kripochef vor.

Der Mann in Handschellen, offensichtlich ein Obdachloser, mochte etwa vierzig Jahre alt sein. Dieser Herumstreuner, berichtete Polizeiwachtmeister Wambsganß, habe den Toten gefunden und die Polizei alarmiert.

»Warum ist der Zeuge in Handschellen?«, fragte Gontard verwundert.

»Wieso Zeuge? Das ist doch der Täter.«

»Und wie hat, meinen Sie, dieser Mann hier das Opfer umgebracht: erwürgt, erdolcht, erschossen? Und warum?«

»Wie, weiß ich noch nicht«, antwortete der Polizist, leicht verunsichert und mit einem vorsichtigen Blick zum Gerichtsmediziner und dessen Assistenten hin. »Aber warum ist doch klar. Aus Habgier. Raubmord. Der tote Mann hat nichts bei sich. Keine Papiere, kein Geld, kein Gepäck.«

»Dann haben Sie die eben erwähnten Sachen bei Herrn, Herrn ...?«

»Perlinger. Justus Perlinger«, sagte der Mann in Handschellen.

»... bei Herrn Perlinger gefunden?«

»Nein, nein, ei, ei ...« Der Polizist kam ins Stottern. »Eigentlich nicht direkt.«

»Wie soll er dann ein Mörder sein, ein Raubmörder?«

»Vielleicht ... vielleicht hat er das Diebesgut irgendwo versteckt?«

Der Mann in Handschellen lachte kurz auf.

»Ist doch absurd. Ich gehe zur Polizei, melde, dass ich einen Toten gefunden habe, und werde gleich verhaftet. Machen das hier in der Pfalz die Mörder so, dass sie sich selbst stellen? Da hat es die Pfälzer Polizei aber leichter als sonst wo.«

Verdattert stammelte Polizeiwachtmeister Wambsganß: »Ein billiger Trick ist das. Ein Ablenkungsmanöver.«

Justus Perlinger wurde nun noch ironischer: »Und ich hab mich als Herumstreuner, wie Sie das so auszudrücken pflegen, verkleidet. Das gehört auch zum Ablenkungsmanöver?«

»Nehmen Sie dem Mann doch bitte die Handschellen ab, Herr Kollege«, sagte Friedrich Gontard.

»Danke, Häuptling«, sagte der Mann, der nun frei war und sich die Handgelenke rieb.

»Gontard. Friedrich Gontard. Kripochef Ludwigshafen.«

Die sachliche, aber höfliche Art des Kripochefs ließ den Zeugen zu einer ebenso sachlichen Verhaltensweise zurückfinden.

Ausgemergelt war er, der Mann, leicht zittrig die Hände, die ganze Erscheinung erbärmlich und die Bewegungen fahrig. Er trug einen Bart, seine blonden Haare waren lang und schütter.

Ein Junkie, ein Ex-Hippie, vermutete Gontard. Einer, der nach wilden Jahren den Anschluss an die Gesellschaft nicht hat finden können. Er hatte viele solche Menschen getroffen in den letzten Jahren: Ausgeflippte ewige Studenten, die nach Indien oder sonst wohin gereist waren, Weltenbummler, immer auf der Suche nach Glück und Frieden und dem Kick, den die Drogen brachten, und die nun haltlos und schwankend wie Schilfrohre im Wind umhergetrieben wurden. Verachten konnte Gontard diese Menschen nicht. Sie erregten eher sein Mitgefühl. Anna machte sich gelegentlich lustig darüber, dass ihr Mann eine Schwäche für Obdachlose hatte. Was wusste Anna, seine junge Frau, von den Männern seiner eigenen Generation, die als halbe Kinder in den Krieg gezogen waren? Die einen prahlten hinterher mit ihren »Abenteuern«, die meisten schwiegen, einige scheiterten und fanden niemals mehr den Anschluss an die Gesellschaft. Er selbst hätte auch zu der letzteren Gruppe gehören können, doch es war zum Glück anders gekommen.

Justus Perlinger berichtete in wohl gesetzten Worten, wie er es sich gestern Abend in seinem Schlafsack unter einem Baum gemütlich gemacht habe und schon halb eingenickt sei, als er ein Auto habe anfahren hören. Er hatte Stimmen gehört, eine Frau und ein Mann, ein Liebespaar, dachte er. Sie interessierten ihn nicht, diese Turteltauben. Er war ja kein Spanner, außerdem war er hundemüde. Schritte, wieder die Stimmen, die Stimme der Frau ziemlich laut, aber nicht laut genug, um sie zu verstehen. Und kurz darauf wieder das Auto, das wegfuhr. Vielleicht doch kein Liebespaar, vielleicht suchten sie einen anderen Ort auf, wer weiß, er war eingeschlafen. Am nächsten Morgen weckte ihn die Sonne, es war vielleicht sieben oder halb acht, das wisse er nicht so genau, und er habe seinen Schlafsack zusammengerollt und sich auf den Weg gemacht. Dann war er über etwas gestolpert. Es war der Tote. Sein erster Impuls war gewesen, so schnell wie möglich zu türmen. Aber ein flüchtiger Penner wäre doch gleich verdächtigt worden, auf dem Dorf fällt man doch auf. Da meldete er sich lieber gleich bei der Polizei.

»Lupenrein, ehrlich und anständig, hab ich gedacht, aber einer wie ich hat doch eh keine Chance in dieser verdammten Gesellschaft.« Bitter klangen die Worte, die der Mann hervorstieß.

Polizeiwachtmeister Wambsganß ließ betreten den Kopf sinken

und drehte nervös an seiner Polizeimütze, die er abgenommen hatte, um sich den Schweiß von der Stirn zu wischen. Er fischte ein sorgfältig gebügeltes, altmodisches Herrentaschentuch aus seiner Uniformjackentasche.

Eine sehr heiße, unerbittliche Sonne beschien die Szenerie. Das sommerlich-heitere Panorama unterstrich die Traurigkeit der Situation deutlicher, als es ein trüber Regentag vermocht hätte.

»Jeder hier in unserer ›verdammten Gesellschaft‹ ist so lange unschuldig, bis seine Schuld bewiesen ist. Auch für Sie, Herr Perlinger, gilt das, glauben Sie mir. Was haben Sie denn studiert, wenn ich fragen darf?«

Er sagt nun Psychologie, Politik, Literaturwissenschaften, dachte Gontard.

»Jura, Herr Kripochef. Berlin und Marburg. Doch nach dem fünften Semester ging es ab nach Gomera, dann Indien, der ganze Drogenzirkus. Sie verstehen? Ich bin clean, aber trotzdem. Man ist draußen. Man gehört nicht mehr zum verdammten Establishment.«

»Kommen Sie mal?«, rief Gerichtsmediziner Dr. Jungbluth zu Friedrich Gontard rüber. »Also, da sehe ich, soweit ich dies hier beurteilen kann, keine Gewalteinwirkungen. Es war wahrscheinlich irgendein Gift. Welches, das erfahren Sie in den nächsten Tagen. Aber ich kann mit ziemlicher Genauigkeit sagen, dass der Mann zwischen Sonntag, das war gestern, fünfzehn Uhr und drei Uhr früh von Sonntag auf Montag, also innerhalb dieser zwölf Stunden, zu Tode gekommen ist.«

»Da muss ich Sie berichtigen, Herr Dr. Jungbluth. Ich kann den Zeitraum einengen. Es war zwischen etwa einundzwanzig Uhr und ...« zu Justus Perlinger gewendet sagte er: »Wann ungefähr haben Sie das Auto gehört?«

»Es war bestimmt schon gegen elf.«

»... also zwischen etwa zwanzig Uhr dreißig und elf Uhr. Das verengt den Zeitraum erheblich, denke ich.«

Ein sarkastisches Grinsen machte sich auf Dr. Jungbluths Gesicht breit: »Und wieso, bitte, können Sie als Laie mir weismachen, dass der Tod nicht schon vor zwanzig Uhr dreißig eingetreten ist?«

»Weil ich um zwanzig Uhr zwanzig den Toten noch als Lebendigen gesehen habe. In einer Villa hier in der Nähe.«

Dr. Jungbluth fand keine Worte. Er befahl seinem Assistenten, das Nötige zum Abtransport des Toten in die Gerichtsmedizin zu veranlassen. Fast hätte er seine Tasche mit all den Utensilien im Gras stehen lassen. Achselzuckend nahm er die Tasche hoch, und ohne einen Gruß ging er zu seinem neben dem Weinberg geparkten schnittigen roten Sportcoupé zurück, wo er auf seinen Assistenten wartete.

Gontard ließ sich seine Genugtuung nicht anmerken und wies Polizist Wambsganß an, sich zur Verfügung zu halten.

»Wir bleiben in Kontakt. Und vielen Dank für Ihre Mitarbeit. Nichts für ungut, dass ich zwischendrin etwas ungehalten war.«

»Und was passiert mit ihm?« Polizist Wambsganß deutete mit spitzen Fingern auf Justus Perlinger.

»Ihn nehme ich mit nach Ludwigshafen. Da werden wir weitersehen«, gab Gontard zur Antwort.

»Da wollte ich sowieso hin, von diesem komischen Landleben hier habe ich nämlich genug. Ludwigshafen, Mannheim, dann Frankfurt«, sagte Justus Perlinger.

Zu Polizist Wambsganß rief er hin: »Adieu, Herr Polizeipräsident. Es war mir eine Ehre.« Er machte eine ironische Verbeugung. Herr Wambsganß reagierte nicht und ging mit großen Schritten wortlos zu seinem Polizeiwagen.

Der Tote war bereits abtransportiert worden, aber die Leute von der Spurensicherung waren noch geschäftig bei der Sache. Es war nicht leicht, Reifenspuren des Autos zu sichern, von dem der Zeuge gesprochen hatte. Der Boden war nicht nass gewesen, außerdem war der Zufahrtsweg zum Weinberg grasig, davor nur Asphalt.

Friedrich Gontard verließ den Tatort, Justus Perlinger im Schlepptau. Der Tatort würde noch Rätsel aufgeben, doch zuerst musste die Identität des Toten geklärt werden, bei dem keinerlei Papiere gefunden worden waren.

Als der VW-Bus des Kripochefs die Theresienstraße hinunterfuhr, sagte Justus Perlinger: »Die Theresia, die ist doch hier in ihrer Kutsche zur Dorfkirche gefahren, stimmt's?«

»Haben Sie auch noch Geschichte studiert neben Jura?«

»Nein, meine Mutter war Pfälzerin, mein Vater Bayer. Bayern und die Pfalz, das war ja früher eins, und meine Eltern haben beide von Ludwig I. geschwärmt. Ja, aus so einem Haus stamme ich. Mein Vater war Amtsrichter in Weiden in der Oberpfalz. Daher mein Name. Ich war die Enttäuschung seines Lebens.«

Gontard antwortete nicht. Er schaltete das Autoradio an. Die Pfälzer Weinkehlchen sangen ein vor Kitsch triefendes schmalziges Lied.

Die beiden Männer im Auto lachten.

Gontard schaltete auf einen anderen Sender. *Bohemian Rhapsody* von Queen ertönte.

»Queen, die Lieblingsband meiner Frau«, sagte Gontard.

»Sie hat einen guten Musikgeschmack, Ihre Frau«, entgegnete Justus Perlinger.

Und mit einem seitlichen Blick auf Gontard fügte er hinzu: »Sie ist jünger als Sie, Ihre Frau?«

»Ja, sie ist siebzehn Jahre jünger als ich.«

Beide Männer schwiegen nun, und Gontard steckte sich eine Zigarette an. Er war nach einem kurzen Abstecher vom Pfeifenrauchen wieder abgekommen und zur Zigarette zurückgekehrt. Das Pfeifenrauchen war ihm zu altväterlich vorgekommen.

»Sie rauchen auch eine?«

»Klar doch. Danke. Sie sind mir nicht böse, dass ich das mit Ihrer jungen Frau gesagt habe?«

»Nein. Ich mache mir keine Illusionen über mein Alter. Und ich stehe musikmäßig wirklich weniger auf Freddy Mercury als auf Gustav Mahler. Hören Sie.«

Er schaltete das Radio aus und legte eine Kassette ein.

»*Das Lied von der Erde*, nach altchinesischer Lyrik.«

»Sie sind mir ein ungewöhnlicher Bulle. Gustav Mahler, Melancholie, Dekadenz.«

»Dekadenz? Gefühl, Leben, Liebe, Tod. Die ewig alten und ewig neuen Themen. Sie sind übrigens auch ein ungewöhnlicher Obdachloser.«

»So ungewöhnlich vielleicht nicht, wie Sie denken. Es gibt mehr von meiner Sorte, die auf der Straße gelandet sind. Sie nennen mich nicht Penner wie all die anderen. Und Sie verachten mich nicht.«

Gontard schwieg.

»Was denken Sie, Herr Kripochef, wer hat den jungen Mann im Weinberg umgebracht?«

»Ich weiß es nicht. Ich weiß es so wenig wie Sie.«

Der Bariton auf der Kassette sang: *Mir war auf dieser Welt das Glück nicht hold. Wohin ich geh? Ich wandre in die Berge …*

»Ich habe hier etwas für Sie, Herr Kripochef. Vielleicht nützt es Ihnen, den Täter zu finden.«

Justus Perlinger holte einen zerknitterten Zettel aus seinem nicht sehr reinlichen Rucksack.

»Den hat der pfälzische Polizeipräsident in dem Kaff vorhin nicht gefunden, als er meine Sachen durchwühlt hat. Ich hab das bei dem Toten entdeckt. Na ja, ein bisschen hatte ich gehofft, dass er Geld bei sich hat, der Mensch muss ja schließlich leben, aber da war nichts. Gar nichts. Den Zettel wollte ich zuerst behalten, aber ich will in keinen Mordfall verwickelt werden. Ich lege den Zettel in Ihr Handschuhfach, sonst lesen Sie ihn gleich und fahren mir am Ende noch an einen Baum. Ich bin nicht lebensmüde. Obwohl, diese Musik, so traurig …«

Friedrich Gontard drückte auf den Ausknopf. Sie waren eben in Ludwigshafen angekommen.

Am Polizeipräsidium ließ er Justus Perlinger aussteigen.

»Sie melden sich in der nächsten Zeit dreimal in der Woche bei uns auf dem Kommissariat. Also: absolutes Verbot, nach Mannheim oder gar Frankfurt weiterzureisen!«

»Wenn es unbedingt sein muss.«

Damit schnappte Justus Perlinger seinen Rucksack und schlenderte Richtung Innenstadt, ohne sich umzudrehen.

Gontard öffnete das Handschuhfach und kramte den Zettel hervor. Seine Hände zitterten vor Ungeduld. Es war ein Merkzettel oder etwas wie eine Einkaufsliste.

Auf dem Zettel standen zwei Adressen: *Cordelia Kühn. Wingertshofen bei Edenkoben. Hagebuttenweg 13.*

Und darunter: *Dr. Casanus. Edenkoben. Am Rebenacker 26.*

Gontard legte den Zettel zurück, stützte den Kopf in beide Hände. Als er den Toten wiedererkannt hatte, war ihm klar geworden, dass auf makabre Weise sein Hobby sich mit seinem Beruf verbunden hatte, dass er, um diesen Mordfall aufzuklären, in Wingertshofen würde ermitteln müssen, dass vielleicht in dieser düsteren Villa der Schlüssel zum Rätsel zu finden war, im Haus der toten Seelen.

Diesem Dr. Casanus werde ich einen Besuch abstatten, und das sofort, dachte Gontard. Und er fuhr geradewegs dahin, wo er hergekommen war, an die Weinstraße. An einer Tankstelle kaufte er sich eine Cola, ein Sandwich und einen Marsriegel. Für unterwegs, denn Schokolade ist gut für die Seele, wie Carmen Buchenauer so richtig sagte.

Und für den Leib, schmunzelte Gontard und nahm einen kräftigen Schluck Cola aus der Dose. Sie war eisgekühlt. Wundervoll an diesem Tag, der noch Schweiß treibender war als die ganzen Tage davor. Kein Lüftchen ging. Die Blätter der Büsche und Bäume am Straßenrand bewegten sich nicht. Gontard schätzte die Temperatur auf nahezu vierzig Grad. Auf diesen Dr. Casanus war er mehr als gespannt. Wie praktisch, dass es diese Sofortbildkameras gab, und wie gut, dass er ein Foto vom Toten gemacht hatte. Er war kein Fan moderner Erfindungen, aber manchmal erleichterten sie das Leben schon. Wie würde dieser Dr. Casanus wohl reagieren, wenn er ihn – ganz ohne Voranmeldung und ohne Vorwarnung – mit dem Foto konfrontieren würde?

4. KAPITEL

Die Überraschung

Das Haus des Dr. Casanus war nicht, wie das Haus der Kühns, eine heruntergekommene alte Villa, von vergangener Pracht zeugend. Im Gegenteil, es verriet aktuellen Wohlstand. Relativ modern, vielleicht zehn bis fünfzehn Jahre alt, ganz im Stil der Siebzigerjahre erbaut, erinnerte es an die Villen der Reichen aus amerikanischen Serienfilmen. Es hatte eine großzügige Einfahrt, eine Mauer aus Riesenquadern und eine weitläufige Veranda. Die schwere Eingangstür war aus Eiche.

Der Rasen glich einem englischen Rasen, die blühenden Stauden wurden, wie es schien, von einem Gärtner gehegt und gepflegt, die Markise entsprach dem modernsten Standard und die Fassade prangte in strahlendem Weiß, in dieser gleißenden Augustsonne südländisch anmutend.

Dr. Josef Casanus stand auf dem schicken Schild neben der Haustür. Noch ein Josef, welch ein Zufall, dachte Gontard.

Er ertastete das Sofortbild in der Tasche seines leichten Sommerjacketts und klingelte. Eine Frau in einer adretten Schürze, in Gontards Alter, offensichtlich die Haushälterin, öffnete.

Ob er Dr. Casanus sehen könne, fragte Friedrich Gontard.

Zögerlich kam die Antwort. Sehen könne er Dr. Casanus wohl. Mit wem sie die Ehre habe, wollte die Haushälterin wissen.

Eine alte Bekanntschaft, log Gontard, und er fragte sich, warum er log, sich nicht als Kripochef zu erkennen gab.

Er möge ihr nach oben folgen, sagte die Haushälterin, an deren Schürze ein Schildchen befestigt war, das ihren Namen zeigte: *Hermine Staas.*

Schickes Interieur, teuer, doch nicht unbedingt geschmackvoll, konstatierte Gontard, während er hinter der energisch ausschreitenden Frau den Flur entlangging und die Wendeltreppe hochstieg. Überall klinische Sauberkeit, der Geruch von Desinfektionsmitteln. In den weißen Lacktüren konnte man sich spiegeln.

Die Haushälterin öffnete die letzte Tür hinten rechts, und Gontard trat ein. Da saß ein Mensch in einem Rollstuhl, bewegungslos wie eine Mumie. Starr war der Blick geradeaus gerichtet, ein Blick ins Leere.

»Dr. Casanus?«

Die Frage kam zögerlich, ungläubig, aus dem Mund des Besuchers.

»Dr. Casanus, ja«, flüsterte die Haushälterin. »Besser das, was von Dr. Casanus übrig geblieben ist.«

Der Gast blieb wie angewurzelt auf der Türschwelle stehen.

»Parkinson. Und Alzheimer«, flüsterte sie weiter. »Man weiß aber nie, was er mitkriegt. Manchmal staune ich.«

»Ein Besucher, Herr Doktor«, sagte sie behutsam. »Ein Besucher für Sie.«

Ein unverständliches Gestammel kam aus dem Mund des Mannes. Er kam nun in Bewegung, stieß zischende Laute aus, mit beiden Händen schlug er nach der Haushälterin, die auf ihn einredete, wie man auf ein kleines wütendes Kind einredet, geduldig und voller Verständnis. Tierische Laute erfüllten den Raum, der nicht sehr groß war, und in welchem Gontard glaubte ersticken zu müssen. Angesichts von Krankheit und Siechtum umfing ihn immer Unbehagen.

»Sie haben keinen guten Tag erwischt, Herr ...«

»Gontard. Entschuldigen Sie. Friedrich Gontard ist mein Name.

Ein alter Freund, wie gesagt, aber dies hier wusste ich nicht. Man verliert sich aus den Augen im Lauf des Lebens.«

Nun ist genug mit der Lügerei, dachte Gontard. Übertreib die Show nicht.

»Dann sollten Sie doch lieber gehen. Herr Doktor braucht seine Beruhigungspillen.«

»Ich finde schon alleine hinaus. Kümmern Sie sich um Ihren Patienten, Frau Staas. Er braucht Sie.«

»Darf ich Frau Doktor von Ihrem Besuch erzählen? Sie ist gerade beim Tennisspielen. Gerne dürfen Sie aber auch auf sie warten. Sie kommt gleich heim.«

»Nein, sie kennt mich nicht, außerdem dauert es mir zu lang. Mein Name wird ihr nichts sagen. Gehen Sie nun zu Ihrem Patienten zurück. Adieu.«

Gontard ging den gepflegten Kiesweg entlang zu seinem Wagen. Aus einem der geöffneten Fenster im oberen Stock drangen laute Schimpftiraden und Schmähreden an sein Ohr, dazwischen die besänftigende Stimme der Pflegerin. Er bewunderte die Engelsgeduld der Frau.

Dr. Casanus konnte getrost von der Täterliste gestrichen werden. Kranke jenseits von Gut und Böse morden nicht, sie taugen auch nicht mehr als Zeugen, nicht als Mitwisser.

Bevor Friedrich Gontard den Motor seines Wagens startete, nahm er das Foto des Toten aus der Jackentasche und legte es in den Handschuhkasten zurück. Lächerlich kam ihm all dies nun vor, aber wie hätte er ahnen können …?

Ahnungslos war er gewesen, wie auch der junge Unbekannte ahnungslos gewesen sein musste, der die Adresse einer Toten und eines Dementen auf der Liste stehen hatte.

Ein flotter weißer Zweisitzer, ein Sportcoupé, kam ihm entgegen. Auch die beiden Insassen waren flott und schick anzusehen, zwei Frauen, wie er aus den Augenwinkeln wahrnahm.

Während er aus dem Ort hinausfuhr, räsonierte Gontard über Frau Doktor. Sie musste sich gut gehalten haben, wenn sie in vorgerücktem Alter noch Tennis spielte. Dr. Casanus selbst war wohl um die achtzig, obwohl das Alter eines Kranken schlecht zu schätzen ist. Die modernen Frauen halten sich gut, vor allem, wenn sie reich sind, dachte Gontard.

Bin ich dumm, sagte er laut und schlug sich an die Stirn. Ich müsste es doch wissen. Sie ist eben nun mal viel jünger als er, und sie ist die Frau am Steuer des flotten weißen Zweisitzers gewesen. Das junge Mädchen daneben war wohl die Tochter.

Gontard erhaschte zwischen den Häuserzeilen einen Blick auf die Villa Ludwigshöhe, im flirrenden Augustlicht einer Fata Morgana ähnlich, einem Märchenschloss aus Tausendundeiner Nacht.

Wer hier wohnt, muss nicht in die Toskana fahren, dachte Gontard. Ein wirklich schönes Fleckchen Erde, dieser Teil der Pfalz.

Auf nach Ludwigshafen, seufzte er mit einem letzten Blick auf die Hügel des Haardtgebirges. Adieu, ihr Weinberge und Wälder. Auf in rauchigere Gefilde. Apropos Rauch. Er steckte sich eine Zigarette an und drückte auf den Radioknopf. Eine männliche Frohnatur, war es Kurt Dehn, besang weinselig die Segnungen des Pfälzer Landes.

Viel Arbeit wartete im Präsidium auf den Kripochef. Ob es neue Informationen über die Identität des Toten gab? Wie auch immer, Carmen Buchenauer würde ihm ihren starken Kaffee brauen. Und ob der knackige Mohrenkopf von der »Mannemer Mess« noch da wäre?

5. KAPITEL

Jane Fonda trifft Nina Hagen

Zwei Enttäuschungen warteten auf Friedrich Gontard.

Erstens war der Mohrenkopf verschwunden, und seine Höflichkeit verbot es ihm, Carmen Buchenauer zu fragen, wohin er verschwunden war. Zweitens gab es noch keine neuen Erkenntnisse über die Identität des jungen Mannes.

Es war spät geworden, das Präsidium war bis auf einige wenige Mitarbeiter schon leer.

»Do fahrn mer halt widder zurigg iwwer die Brick, Chef«, sagte Carmen Buchenauer, während sie mit bewunderndem Blick das Fahndungsfoto mit dem jungen Toten, das an der Wand angebracht war, studierte.

»Was en Verluschd fer uns Fraue. Der scheene junge Mann!«

Sie holte ihren Handspiegel aus ihrer Tasche und zog sich die Lippen nach.

»Wie en Latin Lover sieht der aus«, fügte sie bedauernd hinzu.

»Ja, er war sehr gut aussehend, der junge Mann. Das stimmt. Lebend noch mehr als tot.«

Auf Carmen Buchenauers erstaunte Blicke hin beeilte er sich zu sagen: »Das erkläre ich Ihnen morgen früh in aller Ruhe. Ich bin jetzt ziemlich müde. Bis morgen. Und einen schönen Feierabend wünsche ich Ihnen.«

»Des will isch hoffe, Chef. Drücke Se mer die Daume, isch hab heut noch e Rendezvous. En Neuer.«

Der Chef versprach es, im Daumendrücken für Carmen Buchenauers zahlreiche Treffen mit »Neuen« hatte er reichlich Übung. Leider war sein Daumendrücken bisher nicht von großem Erfolg gekrönt gewesen. Vielleicht klappte es ja diesmal.

Der Stau im Weschnitztal hatte sich um diese Zeit wieder aufgelöst. Friedrich Gontard fuhr die steile Straße zu seinem Haus hoch und parkte den Bus in der gepflasterten Einfahrt. Willi, der auf dem Rasen lag und die letzten Sonnenstrahlen genoss, erhob sich alterslahm und trottete freudig wedelnd auf Gontard zu, der ihm ebenso erfreut das Fell kraulte.

»Na, alter Herr«, begrüßte Gontard den vierbeinigen Hausgenossen. »Wo sind die Damen des Hauses?«

Die Damen des Hauses schienen keine Notiz von der Ankunft des Hausherrn genommen zu haben. Einem Automatismus gehorchend, schaltete Gontard den Fernseher an. Zur Entspannung schaute er gerne mal Sport, obwohl er selbst nicht sehr sportlich war. Er ließ sich in seinem gemütlichen Biedermeiersessel mit der hohen Lehne nieder, Willi neben sich.

Die Tür zum Wohnzimmer flog auf, und es kam jemand hereingewirbelt: »*Alles so schön bunt hier!*«, rief der Wirbelwind. »*Ich glotz TV. Vau Vau …*«

Bei »Vau Vau« spitzte Willi die Ohren und legte den Kopf schief. Es klang ihm wohl eher wie »Wau, wau«.

»Oh, das neue Lied von Nena?«, spekulierte Gontard.

Die Antwort kam voller Entrüstung: »Ach Papa, doch nicht die.« Und sie äffte laut und in übertriebenem Näselton die Sängerin Nena nach: »*Neunundneunzig Luftballons* … das olle Lied … Verschon mich mit der! Das Lied ist von Nina Hagen.«

»Apropos alles so schön bunt hier, was hast du denn mit deinen schönen Haaren gemacht?«

»Gefallen dir meine Haare? Schön schwarz sind sie. Geil, gell?«

Gontard würde sich niemals an diese neue Bedeutung des Wortes

»geil« gewöhnen können, das die jungen Leute neuerdings so unbekümmert aussprachen, wenn sie etwas toll fanden. Ein Tabuwort für seine verklemmte Generation.

»Nein, deine alten Haare, also ich meine deine natürliche Haarfarbe, fand ich besser als dieses Rabenschwarz.«

»Ach, Papa.«

Lilli ging zu Gontard hin und gab ihm einen schnellen Kuss auf die Wange.

»Das ist doch mein Stil. Nina Hagen gefällt mir eben, weil sie die Punkbewegung bestimmt hat. Die hat sogar eine Ausbildung als Opernsängerin gemacht. Das muss dir doch imponieren. Sei nicht so bieder.«

»Ich bin nicht bieder. Und gegen Nina Hagen hatte ich noch nie etwas. Ich sage nur meine ehrliche Meinung. Wie hat Mama deinen neuen Stil aufgenommen?«

»Sie hat nichts gesagt. Diese Künstler sind doch alle ein bisschen verrückt. Und so schrecklich tolerant.«

»Das klingt ja, als würdest du dich ärgern, dass Mama sich nicht ärgert.«

Lilli schien die Bemerkung überhört zu haben und sagte stattdessen: »Wenn du deine Jane Fonda suchst, die ist oben in ihrem Zimmer und hopst herum. Hopsen gegen das Älterwerden. Nur: Es nützt nichts.«

»Lilli, das geht nun doch zu weit!«

Gontard versuchte, streng zu klingen und musste sich ein Grinsen verbeißen.

»Sie hört es ja nicht. Du wirst mich nicht verpetzen und es ihr weitersagen.«

Mit trotzigem Gesichtsausdruck fügte Lilli hinzu: »Völlig altmodisch, was Mama da macht. Aerobic ist schon längst nicht mehr in, vielleicht außer bei uns hier auf dem Land. Und außerdem: Es ist total ungesund. Macht die Gelenke kaputt.«

»Aber es macht Mama Spaß, so wie es dir Spaß macht, die schönen rotblonden Haare pechschwarz zu färben. Und ist deine Nina Hagen nicht auch schon ein bisschen out?«

Auf diese Argumente hin wusste Lilli ausnahmsweise einmal keine Antwort. Nicht gleich zumindest, doch dann sagte sie: »Okay, absoluter Volltreffer. Du hast gewonnen, Papa. Ausnahmsweise.«

Damit verließ Lilli das Zimmer, nicht ohne einen verächtlichen Blick auf den Bildschirm geworfen zu haben, wo gerade Boris Becker interviewt wurde.

Gontard seufzte ein wenig, erhob sich aus seinem Sessel und schaltete den Fernseher aus. Dann ging er nach oben in Annas Zimmer.

Schon auf der Treppe hörte er die Aerobic-Musik und die Befehle vom Band, begleitet von leichten Trampelgeräuschen: *Hüpfen, hüpfen. Up, down ...*

Jane Fonda, eine dunkelhaarige Jane Fonda, mit dem Rücken zur Tür, war so in ihre Fitnessübungen vertieft, dass sie das Hereinkommen Gontards nicht bemerkte. Außerdem war die Musik sehr laut. Ohrenbetäubend laut für die an eher dezente klassische Musik gewohnten Ohren Gontards.

Annas schulterlanges, dauergewelltes Haar wurde von einem Haarband festgehalten, ihre immer noch jugendlich schlanke Gestalt steckte in einem glänzenden, pinkfarbenen, hautengen Gymnastikanzug aus Lycra, die langen Beine wurden von ebenso hautengen weißen Leggins und obendrein von wollenen Wadenwärmen in Pink geschmückt, und die unvermeidlichen Reebokturnschuhe vollendeten das Bild der Aerobic-Schönheit.

Von der Treppe hörte man Getrampel, Lilli stürmte ins Zimmer, rief sehr laut ihr *Alles so schön bunt hier* und verschwand ebenso schnell, wie sie gekommen war. Durch das Getöse hindurch musste Anna das laute Rufen ihrer Tochter gehört haben, denn sie hielt inne, schaltete die Musik aus und ging auf ihren Mann zu, ziemlich außer Atem.

»Sie ist doch nicht mehr so jung, deine Frau«, bemerkte sie selbstironisch.

»Aber immer noch jung genug«, erwiderte Friedrich Gontard und nahm seine Frau in die Arme.

»Für dich vielleicht.«

Gontard tat ein bisschen beleidigt und trat einen Schritt zurück.

»Ich hab's nicht bös gemeint. Jung genug für dich, aber nicht für mich. Wenn man als Frau auf die Fünfzig zugeht ...«

»... dann ist das auch nicht anders, als wenn man als Mann auf die Fünfzig zugeht.«

»Du bist und bleibst ein Charmeur.«

Anna legte beide Arme um den Hals ihres Mannes.

Lilli kam in dem Moment zur Tür herein und rümpfte die Nase, als sie ihre Eltern sah, und mit den Worten »Ist ja peinlich« war sie aufs Neue verschwunden, nicht ohne vorher vom Treppenhaus her noch zu rufen: »Pink steht dir nicht, Mama.«

Die Eltern schauten sich an und zuckten beide mit den Schultern, fast gleichzeitig, als wollten sie sagen: Was ist nur aus unserer Tochter geworden?

»Einen schweren Tag gehabt heute?«

»Ja, einen neuen Fall, mit einem Toten ohne Identität.«

»Auweia. Komm, lass mal die Täter und die Opfer hinter dir. Wir gehen runter und richten das Abendessen zusammen.«

Lilli stand in der Küche und kramte in den Vorräten.

»Haben wir Reis und Mehl?«

»Ja, warum«, wollte Anna wissen, »willst du uns was kochen?«

Letzteres klang ungläubig.

»Nein, aber ich brauch das für Samstag, da will ich mit Steffi in die *Rocky Horror Picture Show* nach Heidelberg. Ich darf doch? Steffis Vater fährt uns.

Der Film läuft in der Kamera in Neuenheim. Der Reis ist für die Hochzeitsszene und das Mehl für den Nebel, wenn Neffe Eddie auftritt.«

»Ach, ist das abgefahrene Musical aus den Siebzigern wieder mal modern?«

»Abgefahren? Die *Rocky Horror Picture Show* hat ein Comeback. Ist doch wieder total in und richtig geil.«

Friedrich zuckte wieder zusammen. An dieses Modewort würde er sich tatsächlich nicht gewöhnen können.

»*Janet, dammit*«, sang Lilli in schrillsten Tönen.

»Wieder was Neues von Nina Hagen?«, wollte Gontard wissen.

»Nein, was Altes aus der *Rocky Horror Picture Show*. Da macht Brad seiner Freundin Janet einen Heiratsantrag und gibt ihr einen Verlobungsring.«

Lilli wirbelte hinaus, die Arme bepackt mit Mehl und Reis.

Anna und Friedrich sahen sich stirnrunzelnd an, dann meinte Anna schicksalsergeben: »Da müssen wir durch, wir zwei. Es gibt einen Trost: Es geht vorbei. Lass dir das von einer gesagt sein, die jeden Tag mit solch pubertierender Kundschaft zu tun hat. Wir Lehrer sind Kummer gewöhnt. Aber es geht vorbei, glaub mir.«

»Dein Abgeklärtsein in Ehren, aber ganz so gelassen und entspannt wie du sehe ich die Sache nicht«, entgegnete Gontard mit besorgter Miene.

»Mit ein bisschen Vertrauen in Lilli geht das schon. Kopf hoch. Und jetzt machen wir uns was Schönes zum Abendessen.«

Sie ging zur Tür. »Ich zieh mich nur noch rasch um. Dieses Lycrazeug mag ich eigentlich gar nicht. Und Duschen wäre auch nicht schlecht, meinst du nicht?«

Gontard, der Höfliche, hielt sich mit seiner Meinung diskret zurück, lächelte aber ein wenig.

»Ach, übrigens«, rief Anna. »War deine Schätzerei gestern erfolgreich?«

»Ja, ich glaube schon. Da könnte auch für deinen Flohmarkt was dabei sein. Vielleicht auch Puppen. Aber ich bin noch nicht fertig mit dem Einschätzen.«

Noch nicht fertig, welche Untertreibung, dachte Friedrich Gontard. Eigentlich fängt alles ja erst an.

6. KAPITEL

Ein Brief

Grafeneck, den 4. Dezember 1940

Mein geliebtes Herz,

nun werde ich bald bei dir sein, denn unser liebes Kindchen wird das Licht der Welt erblicken, und wie könnte ich da fern von dir weilen und dich in diesen schweren Stunden alleine lassen?

In diesen Zeiten ist es zwar vielen Männern nicht vergönnt, ihren Frauen beizustehen, aber die Vorsehung (anders kann es nicht verstanden werden) hat sich uns hilfreich erwiesen. Was anfangs als großes Unglück erscheinen mochte, nämlich meine beträchtliche Verwundung im Feld, stellt sich nun als unschätzbarer Segen heraus, nicht nur für unser beider privates Glück.

Aus dem Feld genommen, hat mich diese besagte Vorsehung an einen Ort gesandt, an dem ich auf andere, nicht weniger segensreiche und dem Volksganzen dienliche Weise wirken kann. Nicht nur mit der Waffe in der Hand gegen feindliche Angriffe, nein, meinem hippokratischen Eid gemäß dem Fortschritt und der Wissenschaft dienend, hat mich mein Freund und Kamerad aus Studientagen zu sich berufen in diese Anstalt, um an der Mission teilzuhaben, was mich mit Stolz und Dankbarkeit erfüllt. Freilich wäre ich viel lieber in deiner Nähe geblieben. Wie du weißt, beantragte ich dienstliche Verwendung in der Kreisirrenanstalt Klingenmünster, nicht weit von unserem Wohnort gelegen, aber mein

Freund erklärte mir, dass für die Aktion T4 das Volk noch nicht reif sei. Zu viele Querulanten stemmen sich gegen die Errichtung des Tausendjährigen Reiches. Diskretion ist vorläufig noch angebracht, was unsere Aktion betrifft. Es sind vor allem Männer der Kirche, zu allem Übel unserer katholischen Kirche, welche sich undeutsch gebärden und gegen unseren Führer und seine Mitstreiter hetzen. Du kennst den Fall des Klingenmünsterer Anstaltspfarrers Carl Maria Goettgens, welcher sich weigert, auf dem Anstaltsgelände mit »Heil Hitler« zu grüßen! Welche Unverfrorenheit. Gerade ich als gläubiger Katholik, strenger Christ und zugleich treuer Anhänger des Führers kann diese aufrührerischen sogenannten Gottesmänner nur als Volksschädlinge bezeichnen, die es auszumerzen gilt.

Des Gebrauchs meines linken Armes noch nicht mächtig, obgleich die Genesung fortschreitet (dies sei zu deiner Beruhigung gesagt, mein liebes Herz!), kann ich doch dahingehend tätig sein, dass ich Medikamente und Spritzen verabreiche und fast alle ärztlichen Funktionen außer der Handhabung des Skalpells zu bewältigen vermag.

Es wird der Tag kommen, an dem heute noch kritische Naturen einsehen werden, welch hehre Arbeit wir Ärzte von der Reichsanstalt Grafeneck für die gesunde Erbhygiene von Volk und Vaterland geleistet haben.

Die Mission der letzten Monate ist nun beinahe beendet, und nun werde ich zu dir zurückkehren dürfen. Mein Studienfreund wird mir in einigen Monaten eine neue Wirkungsstätte zuweisen. Es steht noch in den Sternen, wo dies sein wird. Die Mission T4 in Grafeneck scheint abgeschlossen, neue Aufgaben warten auf mich.

Bleibt mir zu schreiben, dass ich hier bei meinem alten Studienfreund und bei Gottlieb Täuble, dem Leiter der Anstalt, herzliche Aufnahme gefunden habe.

Meine Unterbringung in der Villa der Täubles, unweit dem

Schlosse Grafeneck, worin sich die Krüppelanstalt befindet, erwies sich als ein Glücksfall. Denn es gibt keine herzlichere Hausfrau, bessere Köchin und deutschere Mutter als diese Maria Täuble, die ihrem Manne sechs blonde Kinder geschenkt hat, vier Buben und zwei Mädchen. Das Rezitieren, Singen und Musizieren der äußerst wohlerzogenen Täuble-Kinder hat in den letzten Wochen, so fern von dir, geliebtes Herz, meine Seele erfreut. Du solltest hören, wie sie das Morgenlied aufsagen:

Schütze, Gott, mit starker Hand
Mann und Frau und Vaterland.
Lass auf Volk und Führers Pfade
Leuchten deine Huld und Gnade.

Und vor allem »Hohe Nacht der Sterne« singen sie nun in der Vorweihnachtszeit aufs Vollendetste wie Engel.

Zu Tränen wärst du gerührt, dessen bin ich gewiss, wie auch ich zu Tränen gerührt war.

Bald werden auch wir ein Kind haben und danach noch viele Kinder mehr.

Voller Freude, mein geliebtes Herz, werde ich dich bald in die Arme schließen.

Schön ist auch hier in Grafeneck unser geliebtes Vaterland, doch mit unserer lieblichen Pfalz kann die raue Schwäbische Alb nicht konkurrieren.

Ich muss nun schließen, denn die letzten grauen Busse sind angekommen, die Mission ist bald beendet. Ich werde gebraucht.

Es grüßt und küsst dich, geliebtes Herz, dein dich immer und ewig liebender Josef.

Postskriptum:

Ich darf mir deiner absoluten Diskretion sicher sein, der Diskretion einer vaterländisch denkenden und fühlenden Frau. Du wirst Näheres über die fast vollendete Mission von Grafeneck erfahren, wenn wir wieder vereint sind. Nach dem baldigen Endsieg werde ich mich auf Dauer in unserem Ort als Arzt niederlassen und immer bei dir sein und bei den Kindern, die wir haben werden.

7. KAPITEL

Trudi

Am Dienstagmorgen lagen immer noch keine genauen Angaben über die Identität des Toten vom Weinberg vor.

Die Veröffentlichungen des Fahndungsfotos hatte einige Fehlmeldungen zur Folge, auch absichtliche Irreführungen waren, wie das oft geschah, eingegangen. Scherzbolde, die »den Bullen« gerne einmal einen Streich spielten, mischten sich in Fahndungen ein und verzögerten die Polizeiarbeit dadurch erheblich.

Gontard gab noch einmal ausdrücklich Anweisungen, nach einem fahrerlosen abgestellten Auto zu suchen. Der junge Mann konnte doch nicht aus dem Nichts gekommen sein und Gontard glaubte sich zu erinnern, ein Motorengeräusch gehört zu haben. Das Foto war erst heute in den Zeitungen erschienen, es war noch zu früh für Ergebnisse.

Justus Perlinger, der das Auto gehört hatte, mit dem das Paar gekommen und weggefahren war, konnte keine Angaben zur Art des Motorengeräuschs machen. Es war kein Traktor und es war kein Lkw, hatte er gesagt. Ein Auto eben, ein normales Auto.

Es war denkbar, dass der Mörder den jungen Mann in seinem eigenen Auto hertransportiert hatte. War er in diesem Auto auch zu Tode gekommen? Diese Annahme war nicht zwingend. Oder hatte man das Auto des jungen Mannes irgendwo abgestellt und ihn in einem anderen Wagen, dem Wagen des Mörders, hierhergebracht? Warum war der junge Mann gekommen, um mit Cordelia

Kühn zu sprechen? Warum hatte er nicht gewusst, dass die Frau tot war?

»Ich fahre zu einer Vernehmung an die Weinstraße«, rief Friedrich Gontard zu Carmen Buchenauer hinüber. »Am Nachmittag bin ich wieder zurück. Bis dahin wissen wir hoffentlich, wer der Tote war.«

Der Kripochef fuhr nach Wingertshofen, aber nicht in den Hagebuttenweg. Der Dorfplatz um die Kirche und das Rathaus aus Fachwerk herum war leer, wie ausgestorben. Es war noch nicht Mittagszeit, aber die Hitze lag schwer, wie eine bleierne Decke, auf dem Platz vor dem Barockkirchlein mit dem kleinen, von einer alten Mauer umgebenen Park.

Gontard stellte seinen Wagen im Schatten eines riesigen Kastanienbaumes ab und stieg aus. In einiger Entfernung, vor einem Rewe-Geschäft, sah er mehrere Leute in einer Gruppe stehen und miteinander reden. Als er zu der Gruppe hintrat, verstummten sie und musterten ihn, den Fremden, neugierig.

Er fragte, wo Emmi Gruber wohne.

Eine rundliche, sehr resolute Frau ergriff das Wort und gab Auskunft. Sie erklärte ihm umständlich den Weg zur Mittelgasse 5. Er dankte und verabschiedete sich. Beim Weggehen hörte er, wie die Leute Mutmaßungen anstellten, wer wohl dieser Fremde sei, der »Grubers Emmi« besuchen wolle.

Die Leute wechselten dann das Thema und sprachen vom »Rhodter Mord«. Offensichtlich war der Mord im Weinberg schon ihr Thema gewesen, bevor er zu ihnen getreten war.

Das Häuschen in der Mittelgasse 5 war ein älteres Gebäude mit einem kleinen, sehr gepflegten Bauerngärtchen davor, ein Gärtchen wie aus dem Bilderbuch und wie Gontard es liebte. Es hatte nichts gemein mit den gezirkelten, sterilen, modernen Gärten mit ihren Betoneinfassungen und Wegen aus Knochensteinen, zwischen denen kein Gräschen wachsen durfte.

Mannshohe Sonnenblumen, Sommerstauden, eine herrliche Vielfalt von Blumen zierte die Beete, die von Buchs umrandet waren. Stangenbohnen, Tomatenstöcke, Schlangengurken, Gemüse jeder Art wurde angebaut und schien die Bewohnerin des Hauses ernähren zu können. Mirabellenbäume, Spalierobst, Birnen, Äpfel und Zwetschgen hatte der Garten zu bieten, und an der alten Hausmauer wuchs sogar ein prachtvoller Feigenbaum.

In unserem Odenwald würde der nicht gedeihen, dachte Gontard. Anna, seine bekennende Pfälzerin, hatte in einer Anwandlung von Pfalznostalgie vor zwei Jahren ein Feigenbäumchen im Garten in Hohenkirch angepflanzt, aber das rauere Klima der Odenwälder Wahlheimat ließ den Versuch kläglich scheitern, obwohl es an einer vor Wind und Wetter geschützten Mauer gestanden hatte. Das Feigenbäumchen war eingegangen.

Friedrich Gontard überquerte einen kleinen, mit Kopfsteinen gepflasterten Hof, in dem einige alte Tröge standen, mit Geranien bepflanzt. Rechts und links der Haustüre prangten mehrere herrlich blühende Oleanderbüsche in großen Holzkübeln. Die grünen Fensterläden gaben dem Häuschen etwas Heimeliges, Nostalgisches. Hier wehte der Hauch einer längst vergangenen Zeit.

Von einer Ecke hinter dem Haus kam das Gegacker von Hühnern.

Emmi Gruber war erstaunt, als sie Friedrich Gontard erblickte.

»Sie kommen schon heute und nicht erst am Wochenende? Haben Sie den Schlüssel zur Villa vergessen und brauchen nun meinen?«

»Nein, ich bin diesmal nicht als Privatmann hier, sondern eher … dienstlich.«

Gontard fiel ein, dass er Emmi Gruber am Sonntag nichts davon gesagt hatte, dass er von der Kripo war.

Da müsste er nun sehr behutsam sein. Emmi Gruber war zunächst sprachlos, bat aber den Kripochef ins Haus, nachdem sie sich von ihrem Staunen erholt hatte.

Im kleinen Wohnzimmer wies sie dem Überraschungsgast einen Platz auf dem gemütlichen Sofa zu, das mit gehäkelten weißen Kissen geschmückt war. Überall standen Blumengestecke und Strohblumensträuße in Bauernkeramik, Spitzendeckchen bedeckten Tisch, Kommode und bemalte Truhe. Auch hier der Hauch von Nostalgie und Gemütlichkeit.

Emmi Gruber hatte Geschmack, obgleich sie bestimmt nicht in Geld schwimmen konnte. Doch das eine schließt das andere nicht aus. »Meine Hobbys: Handarbeiten und Floristik«, erklärte die Hausherrin, welcher Gontards prüfende und wohlwollende Blicke nicht entgangen waren. »Ich habe auch einen Sinn für schöne alte Dinge. Das habe ich mir vielleicht ein bisschen von Kühns abgeguckt. Von Della. In all den Jahren.«

Sie schien ein wenig in ihren Erinnerungen versunken zu sein, gab sich einen Ruck und war wieder in der Gegenwart.

»Warum sind Sie zu mir gekommen? Soll ich Ihnen einen Kaffee machen?«

»Nein, danke. Ich sollte nicht zu viel Kaffee trinken. Einen Schluck Wasser vielleicht. Es ist so drückend heute.«

Nachdem er gierig das Glas Sprudel geleert hatte, das Emmi Gruber ihm brachte, erklärte Gontard, weshalb er gekommen war. Er schilderte das merkwürdige Auftauchen des jungen Mannes in der Kühnschen Villa nicht allzu lange nach Emmi Grubers Weggehen von dort, und er zeigte ihr das Foto des Toten, der nahe dem Schloss Ludwigshöhe gefunden worden war.

»Dieser Tote ist der junge Mann, der gestern Cordelia Kühn sehen wollte. Kennen Sie ihn?«

»Um Gottes willen, das ist ja schrecklich. Ich kenne ihn nicht, aber ich habe das Foto heute morgen schon in der *Rheinpfalz* gesehen.«

Sie schien zu zögern.

»Nein, ich kenne ihn nicht, und doch kommt er mir bekannt vor. Er sieht nicht entstellt aus. Friedlich.«

»Mir kam er auch bekannt vor«, stimmte Gontard zu. »Ich glaube, das kommt daher, dass er, wie Sie sagen, so schön aussieht.«

»Sehr gut aussehende Leute haben manchmal so etwas Schablonenhaftes. Zu perfekt. Es sind doch die Macken und Fehler, die ein Gesicht besonders machen. Dies ist so ein ganz gewöhnliches Gesicht, das man in Prospekten sieht. In Modeprospekten.«

»Sie meinen, der Mann sieht aus wie ein Dressman. Ein männliches Modell?«

»So heißt das wohl heutzutage. Ja, vielleicht.«

»Können Sie sich erklären, Frau Gruber, weshalb dieser hübsche junge Mann Cordelia Kühn sprechen wollte und offenbar nicht wusste, dass sie tot ist?«

»Sie trauen mir viel zu. Nein. Ich kenne den jungen Mann nicht. Wieso soll ich dann wissen, weshalb er gekommen ist, um mit Della zu sprechen?«

Eine getigerte dicke Katze kam durch den schmalen Spalt der Tür herein, behäbig und schwerfällig, und ließ sich auf dem Sofa neben Gontard nieder.

»Schon älter, das Tierchen?«, fragte er.

»Ja, Julchen ist schon sechzehn Jahre alt. Sie war Dellas Katze. Ich habe sie übernommen, als ...« Sie vollendete den Satz nicht. »Della war mir sehr nahe, Herr Gontard. Entschuldigen Sie. Ich bin über ihren Tod noch lange nicht hinweg. Es ist alles noch so frisch.«

»Frau Gruber, ich bin eigentlich vor allem gekommen, um etwas über Familie Kühn zu erfahren. Sie waren doch so lange im Haushalt beschäftigt. Ein Familienmitglied.«

»Für Della war ich ein Familienmitglied, ja, das stimmt.«

»Für Dr. Kühn nicht? Und nicht für seine Frau?«

»Er hat es mich immer spüren lassen, dass ich nur ein Dienstbote war. Dazu noch eine von drüben. Ein Flüchtling. Aber ich war katholisch, das war ihm wichtig.«

»Er war sehr gläubig?«

»Er war das, was man einen guten Katholiken nennt. Er war regelmäßig im Gottesdienst, in der Messe, und er hat der Gemeinde einiges gespendet.«

»Doch er hat Sie arrogant behandelt, von oben herab, wenn ich das richtig verstehe?«

»Ja, aber ich habe mich daran gewöhnt. Ich war doch froh, überhaupt Arbeit zu bekommen. Damals, 1946. Meine Freundin Greta, die aus meinem Dorf in der Batschka stammte, aus Parabutsch, und ich, wir sind damals mit dem gleichen Flüchtlingstreck gekommen. Sie hat im Nachbarort hier einen Mann gefunden, aber die Schwiegerleute haben sie geschlagen und gequält, weil sie eine »Hergelaufene« war, eine ohne Mitgift, dabei war Greta bei uns daheim die Tochter des reichsten Bauern gewesen. Nein, ich war zufrieden. Meine Familie waren Kühns. Es gab Momente, da wollte ich weg. Wegen ihm. Aber ich bin jedes Mal geblieben.«

»Sie sind geblieben wegen Della.«

»Und wegen Frau Kühn. Sie war ein lieber Mensch. Sie hat mich immer gut behandelt. Die arme Frau. Sie tat mir leid. Da kann man doch nicht einfach weglaufen.«

»Warum die arme Frau?

»Wegen ihrer Krankheit.«

»Sie haben das vorgestern schon angedeutet. Was war das für eine Krankheit? Eine Erbkrankheit, haben Sie gesagt, wenn ich mich erinnere.«

»Es war etwas Seelisches. Sie war schwermütig. Das hat sie umgebracht.«

»Man stirbt doch nicht an Schwermut, einfach so, wie man an Krebs stirbt? Oder wollen Sie etwa sagen ...?«

»Ja, das will ich sagen. Es wurde nie zugegeben. Offiziell hieß es, Hilde Kühn sei an Herzversagen gestorben, aber ich habe das nie geglaubt. Auch Della hat es nicht geglaubt. Wir haben aber geschwiegen. Es hätte Frau Doktor nicht wieder lebendig gemacht, und wir hatten keine Beweise.«

»Und Dr. Kühn?«

»Der hat damals den Totenschein ausgestellt. Selbstmord, das ist doch eine Sünde, eine Schmach. Eine Todsünde, vor allem für einen Katholiken.«

Friedrich Gontard musste erst verkraften, was er da vernommen hatte.

»Wann ist Hilde Kühn gestorben?«

»Frau Doktor ist 1961 gestorben. Della war damals in Heidelberg beim Studium.«

»Was hat sie studiert? Medizin?«

»Um Himmels willen, nein. Sie hat zuerst Kunst studiert. Das hat sie dann wieder aufgegeben. Englisch und Deutsch, das waren ihre Hauptfächer. Sie war ein intelligentes Mädchen. Schade, dass sie alles hingeschmissen hat nach sechs Semestern. Dr. Kühn war sehr enttäuscht. Aber dann war er ja froh.«

»Wieso das?«

»Na ja, Della ist nach dem Kuraufenthalt und nach dem abgebrochenen Studium nach Hause zurückgekommen. Sie hat ihren Vater nicht verlassen. Sie kam einfach nicht los von daheim.« Sie unterbrach und sah nachdenklich vor sich hin. Dann sprach sie weiter: »Ich habe einmal einen Streit zwischen Dr. Kühn und seiner Frau belauscht – ohne dass ich das wollte. Ich habe im Nebenzimmer geputzt, als Dr. Kühn seiner Frau vorgeworfen hat, ihn hintergangen zu haben, ihm vor der Ehe nicht gesagt zu haben, dass es in der Familie von Brömhoff eine Erbkrankheit gab. ›Eine Irre hab ich geheiratet. Dabei habe ich das Beste gewollt, als ich mir eine Frau aus echtem westfälischem Adel rausgesucht habe. Eine Irre.‹ Ich werde diese Worte nie vergessen. Frau Doktor war keine Irre. Sie war ein herzensguter Mensch, eine sensible Frau mit einem großen Kummer.«

»Wieso mit einem großen Kummer?«

»Das habe ich nie rausgekriegt. Nie richtig. Ich weiß nur, dass sie immer bitterer, immer trauriger wurde. Immer kränker. Nur noch ein Schatten ihrer selbst, dabei war sie früher bildschön.«

»Warum haben sie und Della all dies ertragen, wenn sie so gelitten haben?«

»Frau Doktor war abhängig von ihrem Mann, und Della war ebenfalls abhängig von ihrem Vater. Nach dem abgebrochenen Studium hätte sie sich nicht ernähren können. Sie war nach dem Kuraufenthalt so anders geworden und hat nicht ... nicht in die Realität zurückgefunden. Sie hat ihren Vater geliebt. Das verstehen Sie vielleicht nicht. Ihr Vater hat sie vergöttert seit Kindertagen, und er hätte ihr jeden Wunsch von den Augen abgelesen. Vielleicht war sie deshalb so ... lebensuntüchtig.«

Emmi Gruber schaute gedankenverloren aus dem Fenster, und sie fuhr fort: »Es gab da diese Szene, als Della ein Kind war: Der Nachbar wollte die kleinen Katzen ertränken, weil sie Herbstkatzen waren. Della kaufte mit ihrem Taschengeld dem Bauern ein Kätzchen von ihrem Taschengeld ab. ›Eine Herbstkatze, so etwas Minderwertiges kommt mir nicht ins Haus‹, tobte Dr. Kühn. Della bettelte und bettelte, und sie durfte das Kätzchen behalten. Sie entlockte dem Vater auch noch das Versprechen, dem Bauern Geld zu geben, damit er die restlichen Katzen nicht ersäufte. Er konnte sehr weich sein, der Dr. Kühn. Aber Sie sehen: Wie hätte ich Della im Stich lassen können?«

Wie eine Zofe des alten Stils ist diese Emmi Gruber, dachte Gontard. Er fühlte sich in ein anderes Jahrhundert zurückversetzt. Solche Loyalität kannte man sonst doch nur aus Erzählungen der Eltern und Großeltern oder aus der Literatur. Die treue Dienerin, die mit der Herrin durch dick und dünn geht, ihr mit Witz, List und Tücke beisteht, wenn es um Liebesangelegenheiten geht.

Wie die Amme aus Shakespeares *Romeo und Julia* kommt sie mir vor. Sie sieht sogar ein wenig danach aus. Kräftig, robust, tatkräftig, intelligent und nicht ohne Humor, dachte Gontard.

Die getigerte alte wohlgenährte Katze neben Gontard schnurrte, denn er streichelte sie. Tiere fühlten sich zu Friedrich Gontard hingezogen. Sie merkten instinktiv, dass sie es mit einem Sympathisanten zu tun hatten.

»Gab es da eigentlich nie einen Mann im Leben von Cordelia Kühn?«

Von der Direktheit dieser Frage überwältigt, fand Emmi Gruber zunächst keine Worte. Dann sagte sie zögerlich: »Doch, schon. Der eine oder andere schlich schon um sie herum. Sie war sehr hübsch. Wie ihre Mutter. So zart und zerbrechlich und blond. Aber sie war sehr wählerisch. Sie wollte nicht jeden, der um sie warb, und sie bekam nicht den, den sie wollte.«

»Warum nicht?«

»Er ist bei einem Verkehrsunfall ums Leben gekommen. Mit seinem Motorrad. Zwischen Eschbach und Leinsweiler. Schrecklich, das mit Philipp damals. Er war gerade mal zweiundzwanzig Jahre alt.«

Sie schaute wieder in Gedanken zum Fenster hinaus. Ihre Blicke verloren sich im Garten. Keiner sprach.

Schließlich ergriff Gontard das Wort: »Und sie hat sich von dem Schicksalsschlag nie mehr erholt, Ihre Della.«

Es war keine Frage, sondern eine Feststellung. In das Schweigen hinein schellte es an der Haustür.

Emmi Gruber stand auf und kam mit einer Besucherin zurück.

»Das ist Trudi Keppel von nebenan. Ich kümmere mich um sie, wenn ihre Mutter zu tun hat.«

»Hallo«, sagte die Besucherin und winkte fröhlich zu Friedrich Gontard hin.

»Hallo«, grüßte Gontard zurück.

Die Frau kam mit kleinen, selbstbewussten Schritten auf Gontard zu und setzte sich ohne Umschweife an seine freie Seite auf dem Sofa. Die Beine, die den Fußboden nicht berührten, schlug sie keck übereinander. Sie hatte ein türkisfarbenes Täschchen dabei, auf dem ein Biene Maja-Motiv prangte. Wie Lilli früher, also noch vor wenigen Jahren, als sie ein kleines Mädchen war. Sie hatte fast das gleiche Biene Maja-Täschchen gehabt.

Doch wer da neben ihm auf dem Sofa saß und ihn aufmerksam und ungeniert musterte, war beileibe kein Kind mehr, sondern eine Frau, eine sehr kleine Frau von etwa fünfzig Jahren. Sie schaute ihm offen und unverdrossen ins Gesicht, klopfte ihm auf den Bauch, der in letzter Zeit ein wenig rundlich wurde, und sagte: »Dicker Bauch. Isst du viel?«

»Entschuldigen Sie, Herr Gontard, Trudi ist ...«

»Ist schon gut. Trudi hat vollkommen recht. Der dicke Bauch kommt bei mir nicht vom Hungern.«

Triumphierend schaute Trudi zu Emmi Gruber hinüber, und sie fuhr sich resolut durch die dünnen, grauen, gerade geschnittenen Haare.

Liebenswert sind diese Menschen mit Down-Syndrom, dachte Gontard. Liebenswert sind sie, und sie haben solch eine positive Energie, eine große Lebensfreude.

»Dicker Bauch, aber lieber Mann«, sagte Trudi.

Gontard lachte: »Danke für das Kompliment, Trudi. Lieber dick und lieb als dünn und böse.«

»Dünn und böse wie der Doktor«, sprudelte Trudi unvermittelt vor.

»Welcher Doktor?«

»Der in dem dunklen großen Haus, der Papa von Della. Della ist auch tot. Della war lieb.«

Emmi Gruber griff ein.

»Was redest du da, Trudi?«

»Doch, Mama sagt, der Doktor ist böse. Ich geh nicht dorthin.«

»Trudis Mutter ist schon alt, wissen Sie«, erklärte Emmi Gruber. »Über achtzig. Sie kann sich kaum noch um das Kind kümmern.«

Sie sagte tatsächlich »Kind«, und irgendwie stimmte es.

Aus Trudis munteren, schräg gestellten Augen blitzte es nun trotzig.

»Mama ist nicht alt. Du bist alt. Mama sorgt gut für mich.«

»Sie sorgt sich schon zeitlebens um Trudi«, sagte Emmi Gruber, zu Gontard gewendet, und zu Trudi sprach sie beschwichtigend: »Trudi, reg dich nicht auf. Deine Mama wird natürlich immer für dich sorgen. Immer und ewig.«

»Immer und ewig«, wiederholte Trudi, wieder ganz ruhig geworden. Sie nahm sich eine goldgelbe Birne aus der Obstschale, die auf dem Tisch stand, und sie biss kräftig hinein.

»War sie immer bei der Mutter, nie im ...«

»Im Heim, Herr Gontard? Mein Gott, damals, zu der Zeit, Sie wissen schon! Da wäre sie nicht mehr hier.«

Emmi Gruber hatte dies leise gesprochen, doch Trudi nahm alles wahr.

»Dem Herrn Dr. Mattern hat sie das zu verdanken«, sagte Emmi Gruber. »Dr. Mattern war der Arzt, wie ich von Trudis Mutter weiß, der damals bei ihrer Geburt und danach dafür sorgte, dass sie zuhause bleiben durfte.«

»Dr. Mattern, der war Arzt in Wingertshofen? Aber war nicht Dr. Kühn schon damals Arzt in Wingertshofen?«

»Nein, der hat seine Praxis erst 1943 aufgemacht. Trudi ist achtundvierzig Jahre alt, schon 1940 geboren. Dr. Kühn hat Dr. Mattern abgelöst und bis fast zuletzt, also fast bis zu seinem Tod vor fünf Jahren, praktiziert. Er war übrigens ein beliebter Arzt, der Dr. Kühn. Viele schwärmen heute noch von ihm. Sehr tüchtig. Sehr gründlich.«

»Er war im Krieg?«

»Er war in Russland verwundet worden und wurde dann abgeordnet, ich weiß nicht wohin genau, aber er kam nicht mehr an die Front. Sein Arm war nie mehr richtig heil geworden.«

Ein Foto tauchte vor Gontards geistigem Auge auf: eine blonde junge Mutter mit Baby, ein großer, schlanker Mann in Uniform, mit dem Arm in einer Schlinge.

»Ich habe Hunger«, kam es ein wenig vorwurfsvoll aus Trudi Keppels Mund. Dabei schaute sie Emmi Gruber erwartungsvoll an.

»Jetzt habe ich Sie vom Kochen abgehalten, Frau Gruber. Es wird auch Zeit, dass ich nach Ludwigshafen aufbreche. Ich habe noch jede Menge Arbeit im Büro.«

»Ich mach was Schnelles. Eierpfannkuchen. Das geht bei mir ruckzuck.«

»Ruckzuck. Ruckzuck«, skandierte Trudi gutgelaunt.

»Wir sehen uns wieder, Herr Gontard?«

»Ich denke schon. Ich habe noch Arbeit in der Villa. Auch privat.«

Noch mehr aber, fürchte ich, amtlich, dachte er.

»Arbeit in der Villa.« Der Satz gefiel Trudi Keppel. Sie wiederholte ihn mehrmals und trippelte erhobenen Hauptes in die Küche, hinter Emmi Gruber her, ihr Biene Maja-Täschchen fest unter den Arm gepresst.

Als Gontard am Dorfplatz mit den großen Rosskastanien und an dem Rewe-Geschäft vorbeifuhr, schauten ihm mehrere Augenpaare hinterher. Es hatte sich offenbar herumgesprochen, dass Emmi Gruber Besuch hatte. Das schien selten vorzukommen. Der VW-Bus mit Heppenheimer Nummer gab ihnen Rätsel auf. Gut, dass ich kein Ludwigshafener Nummernschild habe, ging es Gontard durch den Kopf. Sie würden vielleicht auf die Idee kommen, ich sei von der Kripo. Er musste bei dem Gedanken schmunzeln.

Er fuhr an der Stelle in Hainfeld vorüber, die ihm immer wieder so gut gefiel. Da stand an der Ecke die wunderschöne Statue der Barockmadonna auf der Weltkugel, zu ihren Füßen die Schlange der Versuchung. Er verlangsamte das Tempo, und sein Blick fiel auf ein Schild an einem Haus nahe der Statue: *Praxis Dr. Wolfgang Mattern.*

Ob das der Dr. Mattern war, von dem Emmi Gruber gesprochen hatte? Der müsste nun auch schon älter sein, wenn er schon 1940 praktiziert hatte. Aber Ärzte praktizierten oft lange, wie man an Dr. Kühn sah. Vielleicht würde er mal bei Dr. Mattern reinschauen. Aber nicht heute.

8. KAPITEL

Ein Brief

Hadamar, den 13. September 1941

Geliebte Frau, kleine Mutti,

fern von dir und unserem geliebten Kindchen, denke ich doch unentwegt an euch. Dem Volkswohle weiterhin dienend, nun im Hessischen, wohin ich durch die Fürsprache und Protektion meines lieben Freundes abgeordnet wurde, setze ich mit meinen Kollegen zusammen die in Grafeneck begonnene Aktion fort.

Nun muss ich dir doch sehr entschieden widersprechen und meiner Missbilligung, den Inhalt deines letzten Briefes betreffend, Ausdruck verleihen. Ich kann es als ein dem hippokratischen Eid verpflichteter deutscher Arzt unmöglich dulden, dass meine eigene Ehefrau mir in den Rücken fällt und mir von Bedenken schreibt, überdies die hohe Mission von T4 in Frage stellt und offenkundig, verhetzt von Gerüchten und Feindespropaganda, nicht nur ihren eigenen Ehemann kritisiert, sondern auch die Anordnungen, die von höchster Stelle, nämlich vom Führer selbst, kommen. Ich weiß um die Flugblätter, von britischen Flugzeugen abgeworfen, die mit Lügenmärchen das deutsche Volk zu verunsichern trachten. Ich weiß auch um die Hetzpredigt jenes Bischofs von Münster, Clemens August Graf von Galen, vor wenigen Wochen, der die Kanzel für seine aufrührerischen Schmähpredigten gegen unseren Führer missbraucht, unseren Führer, welcher unter Gottes besonderer Protektion steht.

Unproduktive, kranke Volksgenossen von produktiven, gesunden auszusondern sollte gegen die Natur sein? Erbkrankheiten auszumerzen sollte nicht richtig sein? Es ist geradezu unsere Pflicht als deutsche Wissenschaftler, dies zu tun.

Mögen sich die volksverhetzenden Priester und Bischöfe unserer allein selig machenden katholischen Kirche ausnahmsweise ein Beispiel nehmen an den Abtrünnigen, nämlich den Protestanten, die sich in großer Mehrheit »Deutsche Christen« nennen, und welche sich unserem Volke und dem Führer verpflichten.

Viel wäre noch zu sagen zu diesem Thema, aber ich als dein Ehemann verbiete dir zuallererst den brieflichen Umgang mit deiner Schulfreundin aus Münster, Gerlinde Bötticher, die dir offensichtlich Flausen ins Ohr setzt. Volksschädlinge dulde ich nicht, am allerwenigsten, wenn sie mir meine Frau und die Mutter meines Kindes und meiner zukünftigen Kinder zu entfremden trachten. Pass mir außerdem tunlichst auf unser Kindchen auf. Es treiben sich in diesen schweren Zeiten allerlei zwielichtige Gestalten in der Gegend herum. Gesindel lauert allerorten.

Und weise mir Thekla an, dass sie das Kind gut hütet. Sie erscheint mir manchmal recht geistesabwesend. Man sagt, ihre Großtante sei in Klingenmünster in der Kreisirrenanstalt gewesen. Ich befürchte, sie entstammt einer erbkranken Familie. Ich werde der Sache nachgehen, sobald ich wieder bei euch bin.

Gott und dem Führer befohlen. Es grüßt dich dein Josef.

Postskriptum:

Ganz das traute Beisammensein herbeisehnend, vertraue ich weiterhin auf deine Verschwiegenheit und die Befolgung meiner erwähnten Anweisungen.

Ich halte es für ratsam, dass du meine Briefe an dich vernichtest. Es gibt noch zu viel Unverständnis für unsere hohe Mission, und meine Briefe könnten in falsche Hände geraten.

9. KAPITEL

Thomas Postel

Der Kripochef war noch nicht ganz eingetreten, als Carmen Buchenauer ihm freudig entgegeneilte und ihm ein Blatt in die Hand drückte.

»Chef, mer wisse endlich, wer der Latin Lover is.«

Friedrich Gontard las:

Thomas Postel, wohnhaft Martha-Saalfeld-Str. 3, Ludwigshafen, geb. 19. Juni 1963, Angestellter bei der Allianzversicherung, ledig, 182 m, Haarfarbe schwarz, Augenfarbe graublau.

Das waren die knappen Daten.

»Ein Versicherungsangestellter«, sagte Friedrich Gontard. »Kein Dressman. Nicht so romantisch, wie er aussah.«

»Dafür is moin Latin Lover ramondisch«, schwärmte Carmen Buchenauer in seliger Erinnerung an das gestrige Rendezvous. »Awwer des will noch nix heeße, des Ramondische is net alles. Isch brauch Stabilität, Treue, Halt un Festigkeit in eenere Beziehung. Endlisch emol. Sie kenne mer ruhisch weiter die Daume drücke, Chef.«

Der Chef versprach erneut und fragte: »Und das Auto? Ist das auch aufgetaucht?«

Es war aber leider noch nicht aufgetaucht.

Gontard begab sich in die Martha-Saalfeld-Str. 3.

Die Wohnung des Toten war klein, adrett, aufgeräumt. Die Vermieterin, Gertrude Schramm, war voll des Lobes über ihren netten Untermieter, sie bedauerte seinen Tod zutiefst.

»Das wird ein Schock sein für seine Oma. Die wohnt ganz in der Nähe und war sein Muttterersatz, seitdem beide Eltern vor zwei Jahren so tragisch ums Leben gekommen sind.«

Keine Familie hatte er sonst gehabt, der junge Mann, keinen Freundeskreis, keine Damenbesuche. Da war ein Freund, der öfter vorbeischaute, auch so ein Netter wie er selbst. Er hieß Dieter Mehnert und wohnte in Schifferstadt. Gontard schaute auf die Uhr und beschloss, Dieter Mehnert und die Großmutter des Toten zu befragen.

Er erfuhr zwei wesentliche Dinge: Dieter Mehnert sagte aus, sein Freund habe ihm gegenüber letzten Samstag erwähnt, dass er am Tag darauf an die Weinstraße fahren würde, um etwas Wichtiges zu regeln, seiner Großmutter gegenüber hatte er angedeutet, dass sich sein Leben bald drastisch verändern werde, es sei aber eine große Überraschung. Unfreiwillig prophetische Worte, die nun, nach dem grausigen Geschehen, einen makabren Beigeschmack bekamen.

Beiden Personen hatte Thomas Postel versprochen, sich am Dienstag bei ihnen zu melden. Nur so war es zu erklären, dass weder der Freund noch die Großmutter eine Vermisstenmeldung gemacht hatten.

Bei der Versicherungsgesellschaft war Thomas Postels Abwesenheit nicht aufgefallen, weil er sich für zwei Tage Urlaub genommen hatte.

Den Kollegen des Versicherungsbüros gegenüber waren offenbar keinerlei Andeutungen gemacht worden, da gab es keine persönlichen Vertraulichkeiten über einen offiziellen höflichen und sachlichen Umgang hinaus. Als fleißig, ruhig und diskret, als zuverlässig und unauffällig bezeichneten die Chefs ihren Angestellten.

Was machte man mit solch einem Fall, wo es einen Toten ohne Feinde, ohne Laster, ohne Auffälligkeiten gab? Und dennoch war dieser Tote ein Toter mit einem Geheimnis und dieses musste entschlüsselt werden.

10. KAPITEL

Ein Tagebuchblatt

16. Mai 1959

Liebes Tagebuch!

Heute muss ich dir was ganz Besonderes anvertrauen.

Ich bin noch ganz durcheinander, und das in doppeltem Sinn. Und ich kann es niemand sagen, nicht das eine und nicht das andere. Meinen Eltern am allerwenigsten, denn es hat zum Teil mit ihnen zu tun. Ein schlechtes Gewissen habe ich schon, dass ich in Muttis Sachen gestöbert habe, aber es war doch der pure Zufall. Ich habe nach Taschentüchern gesucht, dann habe ich in der Kommodenschublade dieses Bündel entdeckt, das mit einem altrosa Band verschnürt war.

Mit Mühe und Not habe ich Vatis Sütterlinschrift entziffert. Ich hätte es besser nicht getan. So vieles ist mir nun klar: Muttis Versinken in ihrer eigenen Welt, ihre Traurigkeit, ihre Unfähigkeit, irgendwelche Arbeiten im Haus zu verrichten! Manchmal ist sie wie gelähmt, sie sitzt stundenlang nur so an ihrem Fenster und starrt vor sich hin. Die Kur letztes Jahr hat nichts genützt.

Wenn Emmi nicht wäre! Die schmeißt den ganzen Haushalt hier. Vati gibt Mutti zwar die Medikamente, die sie braucht, dann blüht sie ab und zu auf, doch sie versinkt dann bald wieder in ihrer Welt. Manchmal denke ich, die Pillen machen auf lange Sicht alles viel schlimmer.

Die Briefe waren Liebesbriefe von Vati an Mutti, und da waren Dinge angedeutet, die ich nur schwer begreifen kann. Er spricht von seiner Mission und einer Aktion T4, darüber haben wir in Geschichte nichts gehört. Unser Geschichtslehrer hat beim Vertrag von Versailles abgebrochen und dann noch mal die Bismarcksche Zeit besprochen, seine Lieblingsepoche, und den Sieg Preußens über Frankreich 1870/71. Nur unsere Religionslehrerin Magda Heilmann ist anders. Sie hat das Dritte Reich mit uns besprochen, aber dann haben sich einige Eltern beschwert, dass sie uns Schüler verunsichert und unnötig verängstigt und uns vom Aufbau der neuen Demokratie abhält mit ihren negativen Berichten, und danach wurde nicht mehr davon gesprochen, was im Dritten Reich passiert ist. Ich gehe nächstes Wochenende zu Frau Heilmann und frage sie nach einigen Dingen. Sie wohnt in Rhodt, da fahre ich mit dem Fahrrad hin. Mir wird schon eine Ausrede einfallen, wenn Vati mich fragt, wohin ich will. Mutti zählt nicht, sie nimmt keinen Anteil an dem, was ich mache. Emmi wollte ich einige Fragen stellen, aber ich glaube, es ist besser, sie nicht hineinzuziehen in Vatis Vorleben. Vati liebt mich, mehr noch als er Mutti liebt. Genau genommen liebt er Mutti nicht mehr wie früher.

Das andere kann ich Emmi auch nicht anvertrauen. Vielleicht später einmal, aber ich traue mich noch nicht. Philipp und ich haben zum ersten Mal miteinander geschlafen. Im Wingertshofener Wäldchen, vorgestern Abend, ist es passiert.

Wir haben uns heimlich verabredet, ich habe Vati angelogen und ihm gesagt, ich muss bei Emmi vorbeigehen und Wäsche abholen, die sie für uns gebügelt hat. Ich habe so ein schlechtes Gewissen Vati gegenüber, aber er scheint ja auch Geheimnisse zu haben.

Zuerst hat mir Philipp mein Geburtstagsgeschenk gegeben. Sehr nachträglich, aber macht nichts. *Bonjour Tristesse* von Françoise Sagan auf Französisch. Das hat gedauert, das Buch im Original zu bekommen. In Neustadt und in Landau ist er extra gewesen mit dem Motorrad. Wir sind immer weiter in den Wald hineingegangen, ich habe schreckliche Angst gehabt, dass uns jemand vom Dorf sieht und es Vati erzählt. Der hat mir strikt verboten, mich mit dem »protestantischen Kerl« zu treffen. Manchmal glaube ich, es geht ihm nicht um die Konfession. Er hat sich verraten, als er Philipp einen »hergelaufenen Proleten« nannte, den Sohn eines Kommunisten. Und wenn einer noch Braconnier heißt, von den Hugenotten abstammt, dann sei das alles doch nichts für eine Cordelia Kühn. Ob ich nicht wüsste, was Braconnier auf Deutsch heißt? Ob ich das nicht im Französischunterricht gelernt hätte? Braconnier heißt Wilddieb! Seine Tochter würde sich mit keinem Wilddieb rumtreiben! Und dann sagte Vati noch, Philipps Mutter sei eine geborene Borell gewesen. Auch so eine Hugenottin. Und dann noch Borell. Das klingt wie Bordell, hat Vati gesagt. Wilddieb und Freudenhaus. Eine saubere Familie. Und er hat laut gelacht und ist dann wütend geworden. Nicht für seine Tochter, so eine Familie, dazu noch Protestanten, Ketzer. Ich solle mich hüten, mich mit so einem abzugeben. Immerhin sei ich die Tochter einer Adligen und eines angesehenen Mediziners.

Wenn Vati wüsste, was ich mit dem Wilddieb so alles treibe im Wald droben.

Philipp war so zärtlich, es hat zwar weh getan zuerst, aber dann war es schön. Es wird immer besser, immer schöner, hat Philipp gesagt. Du wirst sehen. Beim nächsten Mal. Bei den Mädchen ist das so. Ich freue mich schon auf nächstes Mal. Aber es ist nicht auszudenken, was geschieht, wenn ich Schande über Vati bringe. Er liebt mich doch, er ist so stolz auf mich, auf meine guten Noten, auf mein Aussehen, auf alles.

Und er würde nie zulassen, dass Philipp und ich ...

Wenn Philipp mich anschaut mit seinen braunen Augen, dann vergesse ich Vatis Warnungen, dann ist es mir egal, dass Vati mir gedroht hat, mich zu enterben, wenn ich mich unehrenhaft verhalte.

Wir müssen uns heimlich treffen, das ist schwer in so einem kleinen Dorf wie Wingertshofen mit all den neugierigen Leuten.

Morgen kommt der komische »Mr. Beautiful« zu Besuch. Er pirscht mir schon wieder hinterher wie bei der Tanzstunde vor zwei Jahren. Vati mag ihn, er mag ihn sogar sehr, denn er ist Student, also ein angehender Akademiker. Es scheint Vati nicht zu stören, dass »Mr. Beautiful« protestantisch ist.

Liebes Tagebuch, ich muss nun schließen, denn morgen schreibe ich eine Lateinarbeit. Ovid muss ich noch büffeln und Vokabeln und Grammatik wiederholen. Die »Ars Amandi« entdecke ich lieber mit Philipp zusammen oben im Wald als im Lateinbuch!

11. KAPITEL

Arztbesuche

In der Nacht von Dienstag auf Mittwoch hatte Friedrich Gontard schlecht geschlafen, denn ein Gedanke, den er nicht zu fassen bekam, beunruhigte ihn. Er wurde das Gefühl einfach nicht los, dass er zu ungeduldig gewesen war, dass er hätte abwarten müssen, und plötzlich fiel ihm ein, worin sein Versäumnis zu suchen war: Das Haus des Dr. Casanus würde er noch einmal aufsuchen müssen. Vielleicht wusste seine Frau, weshalb der Name ihres Mannes auf Thomas Postels Liste gestanden hatte. Eine Versicherung hatte er gewiss nicht abschließen wollen mit einem Mann, der nicht mehr zurechnungsfähig war, überdies machte er seine geschäftlichen Besuche nicht an einem Sonntag. Und sicherlich hatte er von der Alzheimererkrankung des Dr. Casanus so wenig gewusst wie von Cordelia Kühns Tod.

Diesmal hatte Gontard Glück. Frau Casanus war zuhause und öffnete persönlich.

Friedrich Gontard erkannte in ihr die Frau am Steuer des weißen Sportcoupés wieder, die er beim Wegfahren vor zwei Tagen flüchtig wahrgenommen hatte.

Im Hintergrund stand das junge Mädchen, das neben der Fahrerin gesessen hatte. Es war groß und blond und sah von weitem aus wie eine Kopie von Steffi Graf, zumal sie im Tennisdress war und ihren Schläger in der Hand hielt. Sie war etwas älter als seine

Tochter Lilli, vielleicht siebzehn oder achtzehn. Sie gab sich keine Mühe, von dem Besucher Notiz zu nehmen.

»Ich geh jetzt, Mum«, sagte sie und gab ihrer Mutter einen flüchtigen Kuss. »Nach dem Training gehe ich zu Annette, wir müssen Mathe pauken. Blöde Arbeit morgen.«

»In Ordnung«, sagte Frau Casanus. »Grüß deinen Coach von mir.«

Die Tochter grinste, sagte zu Gontard gewandt ein schnippisches »Hello« und verschwand.

Die Stimme der Tochter klang seltsam hoch. Von nahe besehen glich das Mädchen eher einem Abziehbild jener Teenager aus den amerikanischen Fernsehfilmen, austauschbar in Gestik, Mimik, Kleidung, Frisur und der überschlanken Gestalt, die den Verdacht auf Magersucht nahe legte.

Die schicke Frau Casanus, deren ausgesprochen erotische Ausstrahlung den Kripochef in Erstaunen versetzte, bat den Besucher ins Wohnzimmer.

Friedrich Gontard versank in den Kissen einer schneeweißen Designerledercouch. Er, der Barock- und Biedermeiersessel mit hohen Lehnen und Armstützen jeder Couch vorzog, hasste diese weichen Dinger, die in keinem modernen Wohnzimmer zu fehlen schienen. Kaum einen Farbtupfer gab es in diesem Raum. Alles, von den gelackten Möbeln bis zur kleinsten Vase, erstrahlte in reinstem Weiß. Das Werk eines Innenarchitekten vermutlich.

Friedrich Gontard stellte sich als Chef der Ludwigshafener Kripo vor und umriss sein Anliegen in wenigen Sätzen.

Er zeigte Frau Casanus das Foto des jungen Mannes. Es war nicht das Bild des Toten, sondern ein Foto, das Gontard in Thomas Postels Wohnung gefunden hatte. Frau Casanus besah es sich eingehend, offenbar machte ihr der Anblick eines solch gut aussehenden jungen Mannes Freude.

Gontard seinerseits nutzte die Zeit, Frau Casanus näher zu betrachten.

Wie Nadja Tiller sieht sie aus, dachte er. Der volle, schön geschwungene Mund, die dunklen Haare, die frauliche Figur, die sehr lebenshungrigen großen Augen, die gesamte Ausstrahlung. Alles erinnerte ihn an die berühmte Schauspielerin.

Frau Casanus mochte Anfang vierzig sein, einige Jahre jünger als Anna.

Der Mann im oberen Stock fiel ihm ein, der schätzungsweise Ende siebzig war, also mehr als dreißig Jahre älter als diese gepflegte, gestylte und vitale Frau. Die hochhackigen Schuhe, das Kostümchen mit den leicht gepolsterten Schultern, der rotgeschminkte Mund, all dies verriet die Dame, deren Alltag nicht gerade aus schwerer Arbeit zu bestehen schien und die ihren Lebenszweck offenbar darin sah, zu repräsentieren und zu gefallen.

Dr. Casanus musste seine Schäfchen ins Trockene gebracht haben, schon lange, denn dieser Haushalt verriet Wohlstand, wenn nicht sogar Luxus im Überfluss.

»Nein«, sagte Frau Casanus nach ausgiebiger Prüfung des Fotos. Ihre Stimme war auffallend hoch und kindlich, fast so hoch wie die der Tochter, und sie klang jünger als die Person, der sie gehörte. Es gibt solche Stimmen, die mit der Erscheinung selbst nicht kongruent sind.

»Nein«, wiederholte sie. »Ich habe diesen Mann noch nie im Leben gesehen. Sehr schade.«

Sie schaute den Kripochef provozierend an, während sie ihm das Foto zurückgab, und verzog ihren sinnlichen Mund zu einem leicht sarkastischen Grinsen.

Dann fügte sie hinzu, indem sie nach oben zur Decke deutete: »Solche Gedanken seien mir doch gegönnt, oder? Sie haben meinen Mann doch gesehen. Das waren Sie vorgestern, stimmt's? Wie kommen Sie gerade zu uns? Warum sollten wir den jungen Mann kennen?«

Gontard erwähnte nun, dass bei dem Toten ein Zettel gefunden worden war, auf dem die Adresse ihres Mannes gestanden hatte, verschwieg jedoch den anderen Namen auf der Liste.

»Das ist wirklich merkwürdig. Aber ich kann Ihnen nicht weiterhelfen, und mein Mann schon gar nicht.«

Gontard war das leichte Zögern vor dem Wort »Mann« nicht entgangen.

Als wolle sie sich rechtfertigen, sagte Frau Casanus: »Er war sehr attraktiv, mein Mann. Josef war ein Charmeur, ein Gentleman der alten Schule. Für mich war er alles in einem: eine Vaterfigur, ein Beschützer, ein zärtlicher Vater für unsere Tochter Sabine. Doch dann kam die Krankheit. Die Praxis war sein Ein und Alles, er war ein Arbeitstier. Er hat ein Vermögen erarbeitet als geachteter Mediziner. Unser gesellschaftliches Leben war bunt, aber diese Krankheit, schleichend wie ein Tier, hat alles zerstört. Es war das Aus für alles, beruflich und privat. Ich könnte ihn nie in ein Heim geben, daher die Pflege zuhause durch Hermine Staas. Sie ist eine wahre Perle, eigentlich unbezahlbar. Ich habe vor zwanzig Jahren einen Charmeur, einen brillanten Mann geheiratet, und nun muss ich mich arrangieren, mit einem ...«, sie suchte nach Worten, »entschuldigen Sie: mit einem Wrack zu leben.«

Der Kripochef wusste nicht, warum er sagte: »Meine Frau ist auch um vieles jünger als ich. Siebzehn Jahre genau genommen.«

Frau Casanus lachte, und es schien Gontard ein bitteres Lachen zu sein.

»Es muss ja nicht gleich zum Schlimmsten kommen. Siebzehn Jahre, das ist ja ein Pappenstiel gegen fünfunddreißig wie bei Josef und mir. Und Sie sehen ja noch sehr frisch aus.«

Sie musterte ihn von Kopf bis Fuß.

»Aber wie gesagt, Josef war vor zwanzig Jahren auch noch sehr aktiv. Und so elegant. Schauen Sie hinter sich an die Pinnwand. Da, mein Mann in der Blüte seiner Jahre.«

Die Pinnwand, das einzig bunte Utensil in diesem klinisch weißen Raum, zeigte Privatfotos aus dem Leben der Familie Casanus in glücklicheren Tagen. Kein einziges Foto zeigte den alten Josef Casanus, sondern sie zeigten einen jungen Studenten, einen mittelalten Mediziner in weißem Kittel, von fröhlichem Schwesternpersonal umgeben, Casanus als Endfünfziger bei seiner Vermählung (*Marlenes und Josefs glücklichster Tag* stand unter dem Foto) und als reifen, aber stolzen Vater einer kleinen Tochter im rosa Taufkleid (*Josef mit Sabinchen*).

Gontards Blick ging zu dem Foto zurück, das den Studenten Josef Casanus in der Uniform eines Verbindungsstudenten zeigte. Er legte den Arm um einen jungen Mann, offensichtlich einen Kameraden aus dem gleichen Studentencorps, denn beide trugen die gleiche Mütze, die gleiche Uniform. *Gaudeamus Igitur. Normannia Heidelberg August 1932. Josef und Josef.* Diese Zeilen standen in Sütterlin oben auf dem Foto über den beiden lachenden Corpsstudenten.

Friedrich Gontard erkannte den jungen Corpsbruder von Josef Casanus. Unverkennbar war dies der gleiche Mann, hier noch jünger zwar, den Gontard vor drei Tagen auf den Fotos in der Wingertshofener Villa gesehen hatte.

Josef und Josef. Josef Casanus und Josef Kühn.

Die Erkenntnis traf den Kripochef wie ein Keulenschlag, zum Glück war er aufgestanden, das heißt, er hatte sich mühsam aus der schicken, aber sehr unbequemen Designercouch hochgerappelt. Nun stand er mit dem Rücken zu Frau Casanus vor der Pinnwand und versuchte, sich seine Verblüffung, seinen Schock nicht anmerken zu lassen.

Er rang um Fassung, räusperte sich und wollte sich umdrehen, als eine willkommene Ablenkung, ein Deus ex Machina in Gestalt eines Mannes ihn davor bewahrte, seine Gemütsverfassung vielleicht doch nicht so perfekt im Griff zu haben, wie er es sich gewünscht hätte.

»Darf ich vorstellen«, sagte Frau Casanus. »Dr. Staudte, der Arzt meines Mannes.«

Friedrich Gontard stellte sich selbst vor, nahm wieder Platz, allerdings sehr widerwillig. Er lobte sich insgeheim seinen geliebten hohen Biedermeiersessel mit festem Polster, Rückenlehne und Armstütze.

»Oh, die Kripo. Hat Dr. Casanus etwas ausgefressen?«

»Nein«, erwiderte Friedrich Gontard, der sich Mühe gab, den kaum zu überbietenden Sarkasmus der Bemerkung Dr. Staudtes zu ignorieren. »Aber vielleicht können Sie mir helfen? Haben Sie diesen jungen Mann schon einmal gesehen?«

Dr. Staudte musterte das Foto, gab es zurück und sagte »Nein, noch nie. Aber vielleicht Marlene, vielleicht Frau Casanus?«

Wieder dieser Sarkasmus in der Stimme des Mannes. Frau Casanus drehte nervös an ihrem Armreif, der, so konstatierte der Kripochef, bestimmt nicht aus der Schmuckabteilung eines Kaufhauses stammte, sondern eher bei einem feinen Juwelier in der Großstadt gekauft worden war.

Dr. Staudte nahm ein silbernes Etui aus seinem Jackett und reichte Frau Casanus eine Zigarette. Sie steckte begierig die Zigarette zwischen die rotgeschminkten Lippen, Dr. Staudte nahm den Zigarettenanzünder vom weißlackierten Couchtischchen und entzündete die Zigarette. »Was ist mit dem jungen Mann? Hat er was ausgefressen?«

»Nein. Er ist tot. Ermordet.«

Für einen Moment war Dr. Staudte ruhig, keine anzügliche Bemerkung diesmal.

Doch er fand schnell zu seinem alten Ich zurück. »Die Polizei raucht auch?«

Er bot Gontard eine Zigarette aus seinem Etui an, rechnete aber wohl nicht mit der Antwort des Kripochefs.

»Ja, die Polizei raucht auch. Sogar zu viel. Aber ich bevorzuge meine eigene Marke, wenn Sie erlauben.«

Damit entzündete Gontard seine Dunhill.

Dr. Staudte ging zur weißlackierten Schrankwand, öffnete eine Tür, die eine Minibar verbarg, schenkte sich und Frau Casanus einen Martini ein und fragte den Kripochef: »Sie möchten auch einen Drink?«

»Nein, danke, nicht jetzt.«

»Ganz ohne Laster?«

»Keineswegs, wie Sie schon hier sehen«, damit hielt er seine Zigarette hoch. »Aber Drinks? Nein, diesem Laster fröne ich eher weniger.«

Dieser Mann muss einmal gut ausgesehen haben, dachte Gontard. Mitte fünfzig, sehr groß und mit gelichtetem dunklem Haar, olivfarbenem Teint und leicht verlebten Zügen, einem spöttischen Gesichtsausdruck und nicht mehr sehr schlank, entsprach er jenem mediterranen Männertyp, der sehr attraktiv in der Jugend ist und um die Lebensmitte dazu neigt, füllig und teigig auszusehen, woran eine ausschweifende Lebensführung nicht ganz unbeteiligt sein mochte. Wie es schien, war er, der ehemalige Frauenheld, immer noch mit dem unerschütterlichen Glauben an seine Unwiderstehlichkeit ausgestattet, denn ein selbstgefälliges Dauerlächeln umspielte seinen nicht mehr ganz fest konturierten, aber immer noch sinnlichen Mund. Ein ganz kleines, fast unmerkliches Zucken, ein Tick, zog den rechten Mundwinkel ab und zu nach unten, was dem Gesicht des Mannes etwas Verdrießliches gab und den Eindruck von unantastbarer Überlegenheit etwas in Frage stellte.

»Ich sehe, dass mir hier im Haus niemand helfen kann, meinen Fall zu lösen. Schade. Aber Sie halten die Augen offen, gnädige Frau?«, sagte Gontard, zu Frau Casanus gewendet. »Vielleicht gibt es doch noch die eine oder andere Kleinigkeit, die Ihnen einfällt und die eventuell zur Spur des jungen Mannes führt.«

»Ich wüsste nicht, welche Kleinigkeit mir noch einfallen sollte«, erwiderte die »gnädige Frau« leicht pikiert. »Entweder ich kenne den jungen Mann, oder ich kenne ihn nicht. Und ich kenne ihn definitiv nicht.«

»Dann entschuldigen Sie bitte. Ich muss nun auch gehen.«

Friedrich Gontard fuhr aber nicht gleich nach Ludwigshafen, sondern nach Hainfeld.

Unterwegs grübelte er über das Déjà-vu-Erlebnis, das er soeben im Hause Casanus gehabt hatte. Eine Szene schien er schon einmal gesehen zu haben, und zwar in einem Columbofilm vor noch nicht allzu langer Zeit. Ein Mann und eine Frau, die gemeinsam gemordet haben, geben sich vor Columbo, den sie für einen vertrottelten, unfähigen Polizisten halten, den Anschein, sich nicht zu kennen. Doch die Art und Weise, wie die beiden miteinander umgehen, die Vertrautheit der Gesten, erregen die Aufmerksamkeit des kleinen Inspektors. Der Mann gibt der Frau unaufgefordert Zucker und Milch in den Kaffee. So verhält sich ein aufmerksamer Liebhaber, kein Fremder. Dr. Staudte hatte der Hausherrin eine Zigarette angeboten, bevor diese darum bat, er musste ihre Nervosität bemerkt haben. Auch das »Marlene«, bevor er die Dame des Hauses mit »Frau Casanus« ansprach, war Gontard nicht entgangen. Dann die Selbstverständlichkeit, mit der er die Drinks servierte, als sei er der Hausherr persönlich.

Friedrich Gontard fuhr an der Barockmadonna vorbei und parkte vor dem Haus mit dem Schild *Dr. Wolfgang Mattern.*

Dr. Wolfgang Mattern war ein noch junger Arzt Ende dreißig.

»Sie wollen gewiss zu meinem Vater, Dr. Heinrich Mattern, wenn es um einen Krankheitsfall aus der Kriegszeit geht. Sie haben Glück. Papa ist zuhause. Er wohnt im dritten Stockwerk oben. Ich melde Sie gerne an, Herr Gontard.«

Dr. Heinrich Mattern war ein weißhaariger Herr nicht weit über siebzig. Er musste 1941 wirklich sehr jung gewesen sein, noch nicht dreißig Jahre alt, rechnete Gontard nach.

»Ich ermittle in dem Mordfall an dem jungen Mann, der vorgestern im Weinberg in Rhodt tot aufgefunden wurde, und ich habe Grund zu der Annahme, dass Ereignisse, die schon weiter zurückliegen, und gewisse Personen zu Motiv und Täter führen könnten.«

»Ja, natürlich habe ich von dem Mordfall gehört, und ich bin schockiert, dass in unserem herrlichen Weinstraßenidyll solch eine Tat geschehen kann. Obwohl«, lenkte Dr. Mattern ein und fuhr sich durch seine weißen, für einen so alten Herrn beachtlich üppigen Haare, »ich bin nicht so naiv, zu glauben, dass es irgendwo die heile Welt gibt. Dafür habe ich zu viel gesehen von der Welt ... und von den Menschen.«

Er steckte sich eine Pfeife an.

»Wildkirscharoma?«, fragte der Kripochef. »Ich habe selbst eine Zeit lang Pfeife geraucht, aber meine Frau fand das so altväterlich. Ich fand es auch selbst altväterlich. Entschuldigen Sie meinen Fauxpas. Wie taktlos von mir. Ich bin ja auch kein Frühlingsküken mehr. Ein Jahr vor der Pensionierung.«

Dr. Mattern lachte über das »Frühlingsküken« und schaute verständnisvoll. Der Mann strahlte eine weise Gelassenheit und Offenheit aus, die ihn sympathisch machte.

»Und nun rauchen Sie also Zigaretten, weil das nicht ganz so altväterlich ist?«

»... was mich aber um keinen Tag jünger aussehen lässt, ja«, griff Gontard die leichte Ironie auf, die aus den Worten von Dr. Mattern herausklang und alles andere als verletzend war.

Gontard nahm die Gelegenheit wahr, sich eine Dunhill anzustecken. Er fasste die Ereignisse kurz zusammen und kam auf Trudi Keppel zu sprechen, die Frau mit Down-Syndrom, die nach Emmi Grubers Worten Dr. Mattern das Leben zu verdanken hatte. In diesem Zusammenhang sei auch Dr. Kühns Name gefallen. Dann wurde der Kripochef präziser: »Was wissen Sie über Dr. Josef Kühn und Dr. Josef Casanus? Beide Namen standen nämlich auf einem Zettel, den der Tote bei sich trug. Die Herren Casanus und Kühn sind als Zeugen unbrauchbar geworden. Der eine ist tot, der andere dement. Da Sie als Vorgänger von Dr. Kühn in Wingertshofen praktizierten und auch Dr. Casanus ein Kollege von Ihnen ist, offensichtlich auch ein Studienfreund von Dr. Kühn war, sind Sie meine große Hoffnung, dass ich da etwas erfahren kann.«

»Natürlich möchte ich Ihnen gerne weiterhelfen, so gut ich kann. Zu meinem großen Bedauern habe ich nur mangelhafte Informationen über die beiden ... Kollegen.«

Dr. Mattern zeigte auf die Bücher in seinem gemütlichen kleinen Studierzimmer. Der Raum war mit Regalen bestückt, die bis zur Decke reichten. Die üblichen deutschen Klassiker und medizinische Fachbücher bildeten das Gros der Bibliothek, wie Gontard mit fachmännischem Blick feststellte. Es gab aber dazwischen auch auffallend viele politische Bücher.

»Die Politik, vor allem die Politik der Weimarer Zeit und noch mehr der braunen Ära, das ist mein Hobby geworden, und ich recherchiere viel über diese letztere unselige Epoche. Ich bin dabei, Unterlagen über ein besonders unrühmliches Kapitel der Nazidiktatur zu sammeln mit dem Ziel einer späteren Veröffentlichung. Ich bin erst am Anfang, alles ist sehr schwer.«

»Warum das?«, fragte Gontard.

»Weil so viele Akten verschwunden sind, weil so vieles vertuscht worden ist und immer noch vertuscht wird. Weil die Leute entweder bewusst lügen, oder weil sie nicht mehr in der Lage sind, als Zeugen auszusagen. Viele sind altersschwach oder tot. Die Täter und die Opfer gleichermaßen. Zum Glück aber noch nicht alle. Bleiben wir bei den Opfern. Trudi Keppel ist ein Beinahe-Opfer.«

»Euthanasie, Herr Dr. Mattern?«

»Euthanasie, Herr Gontard.«

»Gibt es so etwas wie ein Lebensmuster, Herr Dr. Mattern?«

»Ich denke schon.«

»Meines ist das Dritte Reich. Es lässt mich nicht los, seitdem sie mich damals, 1941, von der Schulbank weg in den Krieg gezerrt haben. Ich war siebzehn, als sie mir das Töten beibrachten. Heute würde man sagen ein Kindersoldat. Und immer wieder in diesen mehr als dreißig Dienstjahren bei der Kripo wurde ich mit Fällen konfrontiert, die mit der braunen Epoche zu tun hatten.«

»Sie sind jünger als ich, Herr Gontard, und Sie waren Soldat? Das ist mir erspart geblieben. Ob Sie es glauben oder nicht, meine Eitelkeit und meine damalige Verblendung haben mir das Leben gerettet. Ich wollte sein wie die anderen: flink wie die Windhunde, hart wie Kruppstahl, zäh wie Leder. Das Schwache war ja nicht erwünscht. Dann hat mich ein schlimmer Sportunfall als Student in Tübingen wehrunfähig gemacht. Mein Unfall hat mir gezeigt, wie leicht ein gesunder Mensch zum Krüppel werden kann, er hat mich aber auch sensibel gemacht für die Gräuel, die man Menschen angetan hat, die einen Schaden hatten, sogenannte Krüppel, Irre, Volksschädlinge, Querulanten, auch Depressive, Schwache, Fremde, eine endlose Liste. Wussten Sie, dass sogar Menschen, die in Bombennächten die Nerven verloren, in Anstalten eingewiesen und getötet wurden, ebenso wie traumatisierte Frontsoldaten? Kriegshysteriker hat man sie abfällig genannt. Querdenker und Regimekritiker hat man eingewiesen, ihnen Halluzinationen angedichtet und sie zu Irren erklärt. Es gibt da diese zehn Jungs aus der Gruppe der sogenannten Edelweißpiraten, die gegen Hitler waren und Flugblätter verteilten. Sie wurden als Schizophrene in die Anstalt eingewiesen und mit Psychopharmaka wirklich verrückt gemacht, später nach Hadamar geschickt und dort vergast. Die Herren Casanus und Kühn waren, so fürchte ich, willige Helfer im Getriebe dieser teuflischen Maschinerie. Im Dienste der Wissenschaft haben sie mitgeholfen, sogenannte Irre, Krüppel und Volksschädlinge auszusondern und auszumerzen. Das Schlimme ist, ich habe keine eindeutigen Beweise, inwieweit die beiden involviert waren. Es ist ein offenes Geheimnis, dass in den Anstalten überall nach 1945 Akten vernichtet wurden. Sie haben schon von Dr. Heinrich Schmidt gehört, dem Leiter der Anstalt in Klingenmünster während der letzten Nazijahre? Nein? Er war noch, ob Sie es glauben oder nicht, bis 1951 Direktor der Heil- und Pflegeanstalt in Klingenmünster, und er hat sogar die französischen Militärbehörden getäuscht, Unterlagen gefälscht und manipuliert und nur tote Nazis belastet. Die toten Täter konnte man nicht mehr zur Rechenschaft ziehen. Akten in Archiven wurden vernichtet, Zeugen wurden bestochen oder sonst wie mundtot gemacht. Und wenn wir gerade über Klingenmünster reden: Kennen Sie den Fall des bedauernswerten Dr. Joseph Klüber, der von 1922 bis 1936 Direktor der dortigen Heil- und Pflegeanstalt war?«

Friedrich Gontard schüttelte den Kopf, und Dr. Mattern fuhr fort: »Das war auch zufällig ein Joseph, aber dieser war ein Ehrenmann, ein Psychiater und Humanist zugleich. Für ihn waren die Insassen der Anstalt keine Irren, sondern heilbare, therapierbare Einzelfälle. 1929 lud er Journalisten und Fotografen der *Frankfurter Illustrierten* nach Klingenmünster ein und sagte in einem Interview, er strebe Heilung an, nicht Pflege. Er musste mit einer solch humanen Einstellung den Nazis ein Dorn im Auge gewesen sein. Eine gemeine Intrige haben sie gegen ihn angezettelt, und im Sommer 1935 hat ihn eine Horde aufgehetzter Leute mitten in der Nacht aus dem Bett gezerrt und halb tot geschlagen. Er wurde bald seines Amtes enthoben, und er starb auch kurz danach, gebrochen an Leib und Seele. Es war schwer für mich, Zeugen für diesen Skandal zu befragen. Die meisten schwiegen mir gegenüber aus Verstocktheit oder Scham. Der Zufall hat es gewollt, dass ich vor einiger Zeit ans Sterbebett einer ehemaligen Pflegerin geführt wurde, als ich Urlaubsvertretung für meinen Sohn machte. Voller Reue war sie und wollte ihr Gewissen erleichtern. Sie hat mir von dem Angriff auf Dr. Klüber erzählt und auch von der Intrige zuvor und von anderen Dingen, die sich damals in Klingenmünster zugetragen haben. Mein Sohn Wolfgang ermahnt mich immer wieder, doch mit meinen Nachforschungen aufzuhören, mich nicht zu quälen und endlich mal meinen wohlverdienten Ruhestand zu genießen. Aber ich kann es nicht, Herr Gontard, ich kann es einfach nicht!«

»Schildern Sie mir, wie das damals war bei Trudi Keppels Geburt.«

»Ich war 1939 bis 1943 Arzt in Wingertshofen, meine erste Stelle als junger Arzt. Ich vertrat Dr. Kühn, der im Krieg war. Er kam 1940 verwundet heim, und überraschenderweise erhielt ich den Auftrag, die Praxis weiterzuführen, weil Dr. Kühn zu einer Sondermission ins Schwäbische abberufen worden war. Diese Sondermission, das vermute ich erst seit kurzer Zeit, war die Aktion T4 in Grafeneck auf der Schwäbischen Alb. Die Aktion T4 hatte ihren Namen von der Tiergartenstraße 4 in Berlin, wo die Regierung die Vernichtung ›lebensunwerter Personen‹ beschloss. Hitler hat 1939 diese Aktion persönlich abgesegnet. Ich vermute, dass Dr. Kühn zuerst in Grafeneck tätig war, danach, 1941 bis 1942, in Hadamar bei Limburg an der Lahn, einer anderen Tötungsanstalt, wo viele tausend körperlich und geistig behinderte Menschen, wie vorher schon in Grafeneck, vergast und totgeschlagen wurden. In Grafeneck und Hadamar hat man auch bestialische Menschenversuche angestellt, alles im Namen eines verqueren Volksgesundheitswahns. Ausmerze hieß das oder Auslese.«

»Ein Euphemismus, eine Beschönigung, ja«, warf Gontard ein. »Wie zynisch. Eu thanatos: der gute Tod, der schöne Tod, nicht wahr?«

»Ja, Euthanasie, ein Verschleierungsbegriff für systematischen Massenmord. Ein teuflischer Plan. Casanus und Kühn hatten vielleicht Decknamen damals, wie viele ihrer Kollegen. Aber wie gesagt: Mein Verdacht gründet sich auf keinen einzigen konkreten Beweis. Zurück zu Trudi Keppels Geburt. Ich hatte damals, 1940, die strikte Anweisung, behinderte Neugeborene zu melden. Trudi litt an ›mongoloider Idiotie‹, so lautete der menschenverachtende Fachjargon der Nazis. Die Kinder wurden dann in Heime gesteckt, und damit waren sie praktisch Todeskandidaten. In Trudis Fall wäre das das Heim in Klingenmünster gewesen, die ›Kreisirrenanstalt‹. Von da, das weiß man heute, aber man weiß immer noch nicht genug, wurden viele Behinderte in Reichsanstalten geschafft, wo eine grausame Tötungsmaschinerie im Gange war. In den grauen Bussen wurden die behinderten Menschen dahin transportiert. Ich hatte Gerüchte gehört, und ich weigerte mich, Trudi zu melden, das heißt, ich habe auf dem Zettel fürs Amt, im Geburtsschein, einfach vermerkt: Die Mutter des Säuglings kann für das Kind sorgen. So einfach war das manchmal. Trudi blieb bei der Mutter und hat überlebt.«

»Sie haben meine Bewunderung, Herr Dr. Mattern. Sie haben sich gegen das Hitlerregime gestellt.«

»O nein, Herr Gontard, ich war kein Held, kein Widerständler. Ich habe da versucht, ein klein wenig zu tricksen, was auch hätte schief gehen können, ich weiß, aber es ist nichts passiert. Ich habe Glück gehabt. Trudi hat Glück gehabt. Eine junge Frau im Dorf, Resi Bossert, die leicht behindert war in Folge einer Hirnhautentzündung im Kindesalter, hat kein Glück gehabt. Sie kam in die Anstalt nach Klingenmünster, weil sie etwas gegen Hitler sagte. Sie klopfte sich an die Stirn und sagte: ›Hitler, das heißt: Hütt' leer.‹ Und sie hat sich einen Hitlerschnurrbart unter die Nase gemalt und gelacht. Kurze Zeit nach der Heimeinweisung bekam die Familie den Bescheid, die Resi sei an einer Lungenentzündung gestorben. Das war aber später, 1943 oder 1944, als man die wilde Euthanasie praktizierte.«

»Was ist das? Sie haben vorhin den Ausdruck schon einmal verwendet, aber ich wollte Sie nicht unterbrechen. Ich weiß sehr wenig über all das, wie ich merke.«

»Die sogenannte wilde Euthanasie wurde praktiziert, nachdem die offizielle zu gefährlich wurde. Die Kirchen zum Beispiel protestierten. Die Nazis erkannten, dass die Bevölkerung noch nicht reif war für die Aktion T4, so mordete man heimlich weiter, indem man eben die Behinderten verhungern ließ oder ihnen Medikamente spritzte, die sie zu Tode ›kurierten‹. Es gab da zum Beispiel dieses Mittel Luminal. Die Opfer siechten wochen- und monatelang an Folgeerkrankungen, Lungenentzündungen und Infekten, dahin, und starben dann eines vermeintlichen natürlichen Todes.«

»Schrecklich. Aber zurück zu Ihren Beobachtungen, was Dr. Kühn betraf.«

»Dr. Kühn hat, als er von seiner Mission nach Wingertshofen zurückkam, getobt und gerast, als er erfuhr, dass ein ›Krüppel‹ zuhause aufwachsen durfte. Er hat Frau Keppel wiederholt besucht und versucht, sie zu überreden, Trudi ins Heim zu bringen. Aber Frau Keppel hat sich strikt geweigert und ihr Kind mit Klauen und Zähnen verteidigt. Auch sie hatte Glück. Es geschah nichts. Sie durfte Trudi behalten.«

»Und Casanus?«

»In diesem Fall kann ich auch nur spekulieren. Er und Kühn waren alte Corpsbrüder, alte Verbindungskameraden. Kühn rutschte mir gegenüber einmal eine Bemerkung heraus. Er sagte: ›Auch Sie, junger Mann, werden, wenn Sie tüchtig genug sind, von Dr. Casanus Protektion bekommen, wie auch ich nach meiner Verwundung Protektion bekommen habe. Sie werden eine Chance bekommen, von der andere Ärzte nur träumen können. Dr. Casanus hat Unglaubliches geleistet für die Wissenschaft. Neider wollen ihn vernichten, aber es gelingt ihnen nicht.‹ Kühn hat aber wohl schnell gemerkt, dass ich kein Hundertprozentiger war, vielleicht ist auch allmählich sein Glaube an den Endsieg ins Wanken gekommen. 1943, Stalingrad, das war der Wendepunkt. Da konnte man nichts mehr auf Feindespropaganda schieben. Nach dem Krieg hat er sich einmal rechtfertigen müssen vor einem Gremium, aber es ging aus wie das Hornberger Schießen mangels konkreter Beweise. Danach florierte seine Praxis in Wingertshofen. Man liebte und verehrte ihn in seinem Dorf. Unbestritten war er ein tüchtiger Arzt. Ich habe ihn in den Siebzigerjahren einmal zufällig im Café *Ebel* in Neustadt getroffen. Er tat, als seien wir immer die größten Freunde gewesen. Widerwillig setzte ich mich an seinen Tisch, und ich weiß nicht, welcher Teufel mich ritt, ich sprach ihn auf die Nazizeit an und auf die Naziverbrechen. Er hat eiskalt geantwortet, und nie werde ich seine Worte vergessen: ›Ach, Herr Kollege, mir scheint, Sie sind auch so einer von diesen Nestbeschmutzern, die uns Demokraten beim Aufbau eines neuen Deutschlands hindern wollen? Wissen Sie, meine Devise ist: Nachts sind alle Katzen grau. Wer will am Tag danach noch wissen, ob die einzelnen Katzen in Wirklichkeit braun, schwarz, rot, getigert oder gescheckt waren? Schauen Sie nach vorn, Herr Kollege.‹ Und dabei schlug er mir gönnerhaft auf die Schulter. Ich bin ohne Gruß aufgestanden und habe mich an einen anderen Tisch im Nebenraum gesetzt.«

Dr. Matterns Körpersprache war deutlich: Resigniert ließ er die Schultern hängen. Er stopfte sich eine neue Pfeife, den Kopf gesenkt.

»Ihr Lebensmuster ist auch meins, Herr Gontard, ob ich will oder nicht. Das Thema lässt mich nicht los. Ach, bevor ich es vergesse, ich gebe Ihnen da was mit.«

Er ging an seinen Pfälzer Bauernschrank und öffnete die Tür. Da lagen Aktenordner über Aktenordner in den Regalen. Dr. Mattern suchte ein wenig und nahm einen der Ordner heraus.

»Sehen Sie, ich bin dabei, Material über Euthanasieverbrechen in der Pfalz zu sammeln. Mit einem jungen befreundeten Heimatforscher aus Kaiserslautern möchte ich ein Buch herausbringen. Es ist höchste Zeit dafür, aber es ist noch ein langer Weg, und ich bin alt und habe vielleicht nicht mehr viel Zeit. Früher hat mir aber meine schwere Arbeit als Landarzt keine Zeit gelassen, außerdem war man tatsächlich mit dem Nachvorneschauen beschäftigt, nicht mit dem Rückblicken. Hier in dieser Mappe habe ich Bildmaterial gesammelt. Erschütternde Fotos, auch Fotos von Menschenversuchen mit Behinderten, unglaublich. Manches kann man nicht aushalten. Nehmen Sie die Mappe mit. Sie können sich mal informieren. Ich brauche das Material aber wieder zurück.«

»Wissen Sie, Herr Dr. Mattern, was ich glaube? Vielleicht ist dieses Kapitel unser beider Lebensmuster, weil so viele unserer Altersgenossen das Ganze verdrängen oder sogar beschönigen. ›Man muss mal einen Schlussstrich ziehen‹, ›Vorbei ist vorbei‹, das hört man doch oft genug. Es muss solche wie uns beide geben, die sich der Vergangenheit stellen. Wir waren ja selbst Opfer, Sie und ich. Man hat uns doch unsere Jugend gestohlen. Unsere besten Jahre. Gerade deshalb will ich nichts verdrängen. Wir bleiben in Kontakt, Herr Dr. Mattern. Ich denke, das alles ist ein weites Feld.«

»So hätte es Fontane ausgedrückt, freilich. Viel Erfolg bei Ihrer Ermittlungsarbeit. Mal sehen, ob ich Ihnen noch zu Diensten sein kann. Möchten Sie nicht noch zum Essen bleiben? Erna hat Dampfnudeln mit Weinsoße zubereitet. Und vorher Kartoffelsuppe. Wie wir Pfälzer das lieben.«

Die Einladung von Dr. Mattern war von einer Herzlichkeit, die tief aus dem Innern kam, aber der Kripochef lehnte mit Bedauern ab. Mit sehr großem Bedauern, da auch er diese Pfälzer Spezialität liebte. Es war einfach zu vieles noch zu tun in diesem vertrackten Fall.

Dr. Mattern ließ es sich nicht nehmen, seinen Gast hinunter und bis vor die Haustür zu begleiten, obwohl ihm das Gehen sichtlich Mühe bereitete, und er winkte ihm noch nach, als er in seinen VW-

Bus eingestiegen war. Sein weißer Haarschopf leuchtete in Gontards Rückspiegel.

Eine Überraschung wartete auf Friedrich Gontard, als er in sein Büro kam. Endlich war Thomas Postels Auto, ein Renault, gefunden worden. In einem Waldstück am Klingbach bei Münchweiler war es abgestellt worden. Keine Papiere, keine Gepäckstücke, nichts war zu finden. Die Mitarbeiter von der Spurensicherung waren dabei zu untersuchen, ob der junge Mann in seinem Auto getötet und zur Fundstelle geschafft worden war. Auch die Obduktionsergebnisse waren da. In Thomas Postels Körper waren Spuren von zwei Giften gefunden worden: Veronal und Morphium-Scopolamin. Nach Dr. Jungbluths Theorie war das Opfer zunächst durch ein mit dem Barbiturat versehenes Getränk ruhig gestellt worden und hatte dann in betäubtem Zustand die Todesspritze erhalten.

Carmen Buchenauer rief dem Chef noch nach: »Daume drücke, Chef, heut treff isch misch zum erschde Mol mit moim Latin Lover in seiner Wohnung.«

»Wo wohnt er denn?«

»In Woinem.«

»In Weinheim? Das ist ja ganz in der Nähe von Hohenkirch. Klar drücke ich Daumen. Wie immer.«

Morgen werde ich die Großmutter des Opfers noch einmal befragen, plante Gontard, als er nachhause fuhr ins Weschnitztal. Und dann? Vielleicht werde ich diesem Dieter Mehnert noch ein paar Fragen stellen. Das war ein wenig dürftig, was er da bei seinem ersten Verhör von sich gegeben hat. Zu dürftig und zu glatt und zu … Gontard suchte nach dem richtigen Wort. Zu brav. Ja, viel zu brav.

Anna hatte Besuch.

»Darf ich dir unseren neuen Englischkollegen Martin Ferber vorstellen? Wir haben zwei Englisch-Parallelkurse, einen in der zwölften und einen in der dreizehnten Klasse, und wir arbeiten zusammen. Gleiches Thema im Leistungskurs der dreizehnten Klasse, Shakespeares *Macbeth*, und gleiche Kursarbeiten. Martin kommt aus einem anderen Bundesland, da muss er sich erst mal umstellen und einarbeiten. Ich helfe ihm dabei.«

Martin Ferber, ein besonders ansehnliches Exemplar der Gattung Mann, war sehr groß, schlank und blond. Natürlich blond, dachte Gontard. Annas Fixierung auf blonde Männer war sprichwörtlich. Kein Wunder, dass sie da gerne half bei der Integration des neuen Kollegen.

»Wir waren aber gerade fertig mit dem Erstellen des Kursplanes, ich muss nun auch heim«, sagte der attraktive Kollege.

»Wo ist eigentlich Lilli?«

Der tadelnde Unterton war unüberhörbar. Du pflichtvergessene Mutter, schwang da mit, ist es dir egal, wo deine halbwüchsige Tochter steckt? Stattdessen beschäftigst du dich lieber mit einem gutaussehenden Kollegen.

»Die ist in Reisen bei Anke. Sie lernen zusammen für Religion.«

»Seit wann lernt Lilli für Religion?«

»Sie schreiben eine Arbeit. Sie wollte eigentlich schon daheim sein.«

»Nun muss ich aber wirklich gehen«, sagte Martin Ferber, dem die Spannung der Situation und der leise Vorwurf in Gontards Worten nicht entgangen waren.

»Sehr attraktiv, dein neuer Kollege«, sagte Gontard, um einen neutralen Ton bemüht, was ihm nicht gelang.

»So schön blond«, fügte er mokant hinzu.

»Mein Gatterich wird doch nicht eifersüchtig sein? Ich habe doch schon einen blonden Mann. Einer ist mir genug.«

Und sie gab ihm einen Kuss und strich ihm durchs immer noch dichte Haar.

»Grau, doch nicht blond«, rief der Wirbelwind, der zur Terrasse hereingefegt kam. »Liebe macht wohl blind.«

»Blond genug für mich«, gab Anna zurück.

»Seit wann lernst du denn für Religion? Das ist neu.«

»Habe ich für Religion gelernt?«

»Das hast du zumindest deiner Mutter so gesagt. Mit Anke.«

»Ach ja, klar, Herr Kripochef. Ist das ein Verhör? Und nun muss ich mir das Ganze noch mal durchlesen. Reliarbeit morgen. Dietrich Bonhoeffer und die Weiße Rose, Geschwister Scholl und all das. Das Thema kommt mir zu den Ohren raus.«

»Das ist nicht dein Ernst, Lilli. Das ist ja schrecklich, was du da von dir gibst.«

Friedrich Gontard war schockiert. »Du redest wie diese Leute, die das Dritte Reich verleugnen. Die alten Spießer, die neuen auch, die Neonazis.«

»Ach, Papa, übertreib nicht. Ist doch kein Wunder. Wir werden in allen Fächern zur Zeit mit dem Thema gefüttert. In Deutsch lesen wir gerade *Andorra* von Max Frisch, in Englisch *When Hitler Stole Pink Rabbit* von Judith Kerr, in Geschichte sind wir beim Reichstagsbrand. In Kunst behandeln wir die »entarteten Künstler« und in Gemeinschaftskunde ist gerade Rassismus angesagt. Als Thema, meine ich. Ätzend.«

»Trotzdem. Ich kriege da eine Gänsehaut, wenn meine eigene Tochter redet wie die Ewiggestrigen.«

»Nun muss ich aber lernen. Ihr wollt ja, dass ich gut bin in der Schule«, erwiderte Lilli schnippisch und verschwand nach oben.

»Es geht vorüber, glaub's mir«, sagte Anna.

»Vielleicht hast du recht«, gab Friedrich Gontard zurück, aber es klang wenig überzeugt.

12. KAPITEL

Zwei Zeugen

»Ich befrage heute Morgen noch mal den Freund und die Großmutter des Mordopfers«, sagte Gontard am nächsten Morgen zu Carmen Buchenauer. Sie wirkte fröhlich, das Daumendrücken hatte offenbar genützt. Die Nacht in »Woinem« war offensichtlich von Erfolg gekrönt gewesen.

»Sache gibt's, Chef! Stelle Sie sich vor: Isch hab e Mädel mitgenumme im Auto, des in Hohekirch wohnt wie Sie.«

»Sie nehmen Anhalterinnen mit?«

»Besser isch wie so en Perverser, der des Mädel vergewaltigt un dann vielleicht noch umbringt.«

»Stimmt auch wieder.«

»Die war in Käfertal an de Strooß gschdanne un hot die Hand rausghalte. Isch hab zuerscht gedenkt, des wär die Nina Hagen, awwer viel jünger.«

»Eine Teenager-Version von Nina Hagen?«

Gontard war hellhörig geworden.

»Genau. Mit pechschwarz gfärbte Hoor un uff Punk gemacht, ja, schwarze Hoor, awwer rötlische Sommersprosse.«

»Und dann hat sie gesagt, dass sie in Hohenkirch wohnt. Und Lilli heißt?«

»Woher wisse Sie des, Chef?«

»Weil ich neuerdings der Vater von Nina Hagen bin. Ich fürchte, das war meine Tochter Lilli. So viele von ihrer Sorte gibt es nicht in Hohenkirch.«

»Ach je, Chef, die Welt is klee, gell?« Carmen Buchenauer, die selten mal verlegen wurde, wand sich nun vor Peinlichkeit. Jetzt war ihr auch klar, weshalb die junge Anhalterin keine Familie Gontard in Hohenkirch kannte, als sie darauf angesprochen wurde. Das behielt sie aber lieber für sich. Selbstbewusst war sie auch, die Tochter ihres Chefs, denn als sie in Carmen Buchenauers Auto einstieg, lief im Autoradio gerade *The Locomotion*, der neue Hit von Kylie Minogue. Die kesse Tramperin hatte Carmen gebeten, doch »den hirnrissigen Disco-Stampf« abzustellen.

Sie ist klein, die Welt, ja, dachte Gontard, und schlecht. Vor allem, wenn man eine Tochter hat, die einen anlügt. Und eine Frau, die sich für einen anderen Mann interessiert, meldete sich eine andere Stimme, die er gerne unterdrückt hätte.

»Sin Se net so streng mit Ihrer Lilli, Chef.« Carmen Buchenauer versuchte zu beschwichtigen, denn sie kannte ihren Chef, der sich krampfhaft mühte, seiner Emotionen Herr zu werden.

»Ich danke Ihnen, dass Sie mir das mit dem Trampen gesagt haben. Es wird ein Gespräch der ernsteren Art mit meiner Tochter geben. Die *Rocky Horror Picture Show* für das Wochenende ist schon einmal gestrichen, und noch das eine und andere.«

»Wenn isch des gewüsst hätt ...«

»Ihre Sympathie für meinen missratenen Sprössling in Ehren, liebe Carmen, aber wir haben doch schon genug Opfer gesehen, die beim Trampen waren und dann ermordet wurden, oder?«

»Ja, Chef. Des stimmt.«

Carmen Buchenauer schaute sinnierend zum Schreibtisch ihres Chefs hin, auf dem ein Foto in einem hübschen Biedermeierrahmen stand. Es zeigte seine Frau Anna mit einer etwa fünfjährigen Lilli, einem rotblonden Lausemädel mit Sommersprossen, das einen großen Teddybären fest an sich gedrückt hielt.

»Wie die Kinner wachse«, sagte Carmen Buchenauer. »Was hot sisch Ihr Lilli verännert.«

»Ja, sie hat sich in der Tat verändert«, erwiderte Gontard mit einem Seufzer. »Nichts bleibt, wie es ist. Es ist höchste Zeit, dass ich das Foto auswechsle.«

Mit einem erschrockenen Blick auf die Bürouhr rief er aus: »Oje, schon so spät. Nun muss ich aber weg. Die Pflicht ruft.«

Er fuhr zu Dieter Mehnert nach Schifferstadt in die Lillengasse. Vielleicht war er ja bei der Arbeit, aber Gontard ließ es darauf ankommen, vor verschlossener Tür zu stehen. In dem Fall könnte er auch den einen oder anderen Nachbarn Mehnerts befragen.

Dieter Mehnert war zuhause. Er war überrascht, als er dem Kripochef die Tür öffnete. »Da haben Sie Glück, dass ich daheim bin. Ich habe mir frei genommen für heute, und auch noch für morgen. Ich bin einfach so fertig, so schockiert.«

Er führte den Kripochef in ein kleines Studio, sehr modern und sehr gepflegt. Beim ersten kurzen Besuch des Kripochefs hatte das Gespräch im Wohnzimmer Mehnerts stattgefunden. Dies hier war wohl sein Arbeitszimmer. Sie traten ein.

Marius Müller-Westernhagen sang gerade vom Band *Ganz und gar*. Dieter Mehnert machte die Musik aus. Überall hingen Fotografien nach der Art von Werbefotos.

»Sie sind Fotograf?«

»Ja, ich arbeite bei einer Werbeagentur in Speyer.«

»Ist Ihnen eine Veränderung aufgefallen im Verhalten Ihres Freundes Thomas Postel?«

»Ja, schon. Ich glaube, es gab da ... eine Frau in seinem Leben. Neuerdings.«

»Und das hat Sie gewundert? Verärgert?«

»Es hat mich nicht nur verwundert und geärgert, sondern verletzt.«

»Sie waren eifersüchtig?« Gontard wunderte sich über Mehnerts Direktheit.

»Sie meinen ... Nein, es ist nicht so, wie Sie denken. Wir waren kein Paar, wenn Sie das andeuten wollen. Wir waren Freunde. Freunde seit Kindertagen. Diese Heimlichtuerei war es, die mich verletzt hat.«

»Können Sie das präziser ausdrücken?«

»Na ja, Thomas hat einmal den Hörer aufgelegt, als jemand angerufen hat und ich gerade bei ihm war, außerdem war da einmal ein Brief, den er verschwinden ließ, als ich ins Zimmer kam. So kam es mir zumindest vor. Vielleicht sehe ich auch Gespenster, im Nachhinein. Hätte ich ihn doch darauf angesprochen. Ich wollte abwarten. Ihm Zeit geben, mir sein Geheimnis anzuvertrauen.«

Er verbarg sein Gesicht in beiden Händen.

»Es war ein Fehler, abzuwarten. Ich mache mir solche Vorwürfe.«

»Wo waren Sie letzten Sonntag?«

»Daheim. Ich habe gearbeitet. Bis spät in die Nacht. Ein wichtiger Werbeauftrag. Ich musste den Abgabetermin einhalten.«

»Gibt es Zeugen?«

»Nein. Ich war allein. Den ganzen Sonntag über.«

Der Kripochef schwieg, und Dieter Mehnert schaute nervös auf seine Hände.

»Ich habe kein richtiges Alibi. Stimmt's?«

»Stimmt. Doch trotzdem danke für Ihre Informationen. Sie halten sich zu unserer Verfügung?«

Dieter Mehnert nickte und führte Gontard hinaus.

Die nächste Fahrt des Kripochefs führte nach Ludwigshafen zur Großmutter des Mordopfers.

Elfriede Postel war eine freundliche kleine Mittsiebzigerin mit weißen Löckchen, die in einer winzig kleinen Wohnung im zweiten Stockwerk eines Mietshauses lebte. Bei seiner ersten Befragung war Gontard zu sehr damit beschäftigt gewesen, die alte Dame zu trösten, nachdem er ihr die schreckliche Nachricht vom Tod des Enkels überbracht hatte, als dass er sich hätte genauer umsehen können. Heute schien Frau Postel relativ gefasst.

»Wenn ich Helmut nicht hätte«, sagte sie zu Friedrich Gontard, und sie deutete auf einen Käfig mit einem Kanarienvogel.

Ob sie eine Verehrerin von Helmut Kohl und der Vogel nach ihm benannt war, wagte der Kripochef nicht zu fragen, es erschien ihm auch ein wenig abwegig, schon weil Frau Postels gefiederter Freund recht zart und schmächtig auf seiner Stange auf und ab hüpfte und schon äußerlich wenig gemein hatte mit dem fülligen Kanzler.

»Es muss schwer sein, einen Enkel zu verlieren, Frau Postel. Es tut mir sehr leid für Sie.«

»Er war so verschlossen in letzter Zeit. Ich glaube, es hat eine Frau gegeben. Er hatte ja nie eine Freundin gehabt, ich habe mir schon Sorgen gemacht, Herr Gontard. Sie verstehen?«

Ohne eine Antwort abzuwarten, fuhr sie fort: »Er war so ein lieber Junge. Thomas hat mich zweimal die Woche besucht und auch ab und zu für mich eingekauft. Er war so fürsorglich. So herzlich, so anhänglich. Wie ein richtiger Enkel.«

»Wie ein richtiger Enkel? Was heißt das?«

»Thomas war nicht mein leiblicher Enkel. Er war ein adoptiertes Kind.«

Gontard musste diese Nachricht erst einmal verdauen, aber Elfriede Postel bemerkte die Verblüffung des Kripochefs nicht. Ihre dicken Brillengläser ließen auf eine starke Kurzsichtigkeit schließen.

»Ich habe damals Werner und Irene davor gewarnt, ein Kind zu adoptieren. Man weiß nie, was dabei rauskommt.«

»Das weiß man bei den leiblichen Kindern auch nie.«

Die Vision des trampenden Nina-Hagen-Verschnitts mit schwarzen Haaren und rötlichen Sommersprossen in Punkklamotten tauchte vor Gontard auf.

»Da haben Sie recht, Herr Gontard. Und an Thomas kann man sehen, dass ein Adoptivkind der beste Sohn sein kann. Der beste Enkel.«

Tränen flossen über Elfriede Postels Gesicht.

»Es tut mir so leid, dass ich Ihren Schmerz aufwühle, Frau Postel. Entschuldigen Sie bitte vielmals. Ich darf Ihnen noch eine weitere Frage stellen? Haben Sie eine Ahnung, wer diese Frau ist, die ins Leben Ihres Enkels eingetreten ist, wie Sie vermuten ...?«

»Ich weiß es nicht. Aber Thomas hat von einer Veränderung gesprochen. Er hat wie jemand geredet, der vor einer Entscheidung steht.«

Sie schluchzte laut auf.

»Die Vorwürfe, die man sich hinterher macht, wenn man nichts getan hat, nichts gefragt hat, abgewartet hat.«

Fast genauso hatte sich Dieter Mehnert auch ausgedrückt.

»Wer hat Thomas gehasst? Er hat doch keine Feinde gehabt, friedlich und nett wie er war.«

»Wir finden seinen Mörder, Frau Postel. Schon bald.«

Sehr überzeugt schien der Kripochef von seiner Aussage nicht zu sein, doch über Elfriede Postels runzliges Gesicht huschte ein kleines Lächeln.

»Danke«, sagte sie nur, und sie drückte ihm beide Hände.

Kanarienvogel Helmut in seinem Käfig zwitscherte vergnügt, und Frau Postel seufzte: »Einsamkeit ist etwas Schreckliches, Herr Gontard. Der Fluch des Alters. Gut, wenn man jemand hat, der einem Gesellschaft leistet. Und wenn es nur so ein kleiner Vogel ist.«

13. KAPITEL

Ein Tagebucheintrag

Wingertshofen, den 22. Mai 1959

Eigentlich weiß ich nicht, was ich schreiben soll, denn es hat mir die Sprache verschlagen. Und kaum finde ich Worte für das, was ich vielleicht geahnt habe, aber immer noch nicht glauben will. Ich war gestern bei Frau Heilmann, meiner Religionslehrerin. Ich weiß nun, was T4 ist, ich habe Fotos gesehen, schreckliche Fotos. Frau Heilmann wollte sie im Unterricht zeigen, aber es gab zu viele Proteste von Eltern gegen ihre Aufklärungsarbeit. Auch Vati war unter diesen Eltern gewesen. Sie hat mir einen Brief gezeigt, den Vati ihr geschrieben hat. Umso mehr hat sich Frau Heilmann gefreut, dass ich so viel Interesse an dem Thema habe. Ich versprach ihr, Vati nichts von dem Besuch zu erzählen, und das Versprechen scheint mir leicht.

Vati liebt mich, ich kann nicht glauben, dass er etwas Schlimmes getan hat, und natürlich habe ich Frau Heilmann nichts von den Briefen erzählt, die ich in Muttis Schatulle gefunden habe. Ich habe doch keinen Beweis außer diesen beiden Briefen! Vati werde ich niemals darauf ansprechen können, denn er hat Mutti befohlen, die Briefe zu vernichten. Sie hat das nicht getan. Und Mutti hat sich so in ihre Welt eingesponnen, ihr kann ich schon gar nichts sagen. Ich will ihr nicht schaden, und ich will Vati nicht schaden.

Mit niemand werde ich darüber sprechen, nicht mit Emmi und

nicht mit Philipp. Zumindest noch nicht jetzt. Es bleibt ganz allein mein Geheimnis, was ich erfahren habe.

Ich habe Angst, dass Philipp mich nicht mehr liebt, wenn ich ihm davon erzähle.

Mein Leben besteht aus lauter Heimlichkeiten. Wie meine Liebe zu Philipp. Es stimmt, was er gesagt hat. Es wird immer schöner für uns Mädchen, bei jedem Mal. Ich kann es nicht erwarten, ihn wiederzusehen.

14. KAPITEL

Ein Vater

Ein nicht sehr fröhlicher Friedrich Gontard fuhr am Freitagmorgen nach Ludwigshafen, und das nicht nur deshalb, weil er im Mordfall Thomas Postel nicht vorankam.

Am Abend zuvor hatte es eine strenge Unterredung mit Lilli gegeben. Sie versuchte erst gar nicht, ihr unerlaubtes Trampen abzustreiten. Sie war in Mannheim gewesen, und zwar allein, nur einmal so, und weil sie »das Kaff satt hatte«. Sie war auf den Planken und der Breiten Straße zum Bummeln gewesen, nicht zum Einkaufen, sie hatte nicht viel Geld. Nur Mascara hatte sie sich gekauft, und noch einen kleinen silbernen Anhänger.

Lilli merkte, wie ernst es Friedrich und Anna mit dem Trampverbot war.

Friedrich wendete eine Schocktherapie an. Er zeigte seiner Tochter einige Fotos von Mordopfern, von Mädchen, die beim Trampen ihren Mörder gefunden hatten. Das schrecklichste Foto zeigte ein Mädchen, das viele hundert Meter zu Tode geschleift worden war, als es entkommen wollte. Das Opfer hatte sich beim Versuch, aus dem Auto zu fliehen, in den Gurten verheddert, und der Täter hatte Vollgas gegeben.

Die »Kur« war effektvoll. Lilli war wirklich schockiert, sie rannte weinend in ihr Zimmer. Nach wenigen Minuten kam sie langsam die Treppe hinunter und gelobte hoch und heilig, nie wieder zu trampen.

Sie legte unaufgefordert Reis, Mehl und eine Wasserpistole auf den Tisch des Wohnzimmers, denn die *Rocky Horror Picture Show* mit Steffi in Heidelberg war gestrichen, und es gab für sechs Wochen Ausgangssperre.

»Ich muss nach Wingertshofen fahren«, sagte Friedrich Gontard kurz angebunden zu Carmen Buchenauer.

Auf dem Weg zur Weinstraße fiel ihm ein, dass Carmen Buchenauer heute Morgen seltsam ausgesehen und nicht viel gesagt hatte. Ich Dummkopf, dachte er, jetzt weiß ich: Sie war ganz verquollen und hat versucht, alles zu überschminken, weil sie geweint hat.

Am Häuschen von Emmi Gruber angekommen, erblickte er diese in ihrem Bauerngarten. Hinter den hohen Stangenbohnen blitzte ihre hellrosa Kittelschürze durch. Sie war gerade beim Gurkenernten. Mehrere riesige Kürbisse in Hellgelb und Orangerot lagen auf dem Beet daneben, umschlängelt von grünem Blattwerk.

»Guten Tag, Frau Gruber, ich brauche heute nur eine Adresse von Ihnen.«

Emmi Gruber, die im Gurkenbeet kniete, erhob sich mühsam und wischte sich die Hände an ihrer Kittelschürze ab. Es war ihr anzusehen, dass sie Schmerzen hatte.

»Die Gelenke. Alles wird schwieriger. Man wird nicht jünger.«

Mit dem Handrücken fuhr sie sich über die Stirn, auf der Schweißperlen standen. Es war schon jetzt wieder sehr heiß.

»Wem sagen Sie das. Das mit dem Älterwerden.«

»Welche Adresse brauchen Sie?«

»Die Adresse der Familie des jungen Mannes, von dem Sie gesprochen haben. Der junge Mann, der mit Cordelia befreundet war und der tödlich verunglückt ist. Wenn es noch eine Familie gibt.«

Emmi Gruber fehlte es zunächst an Worten, sie nahm den Korb mit den Gurken hoch, ein wenig unmotiviert, wie Gontard fand, denn sie stellte ihn gleich wieder auf dem Gartenweg ab.

»Es gibt noch den Vater. Herr Braconnier wohnt in der Kalmitstraße Nummer 10.«

Die Neugier blitzte Emmi Gruber nur so aus den Augen, aber sie war wohl zu stolz, Fragen zu stellen.

Als Gontard wegfuhr, sah er im Rückspiegel, dass Trudi Keppel in den Garten gekommen war und seinem Auto nachwinkte. Er kurbelte die Scheibe herunter und winkte zurück.

Das Haus Nummer 10 in der Kalmitstraße war ein Minihaus, das, zwischen zwei stattlichen Winzergehöften gelegen, förmlich eingeklemmt schien. Wie ein schmalbrüstiger, armer Delinquent, der von zwei Gendarmen abgeführt wird, so stand das Häuschen da, oder wie ein Birkenbäumchen, das sich zwischen zwei hohen Eichen seinen Platz an der Sonne erkämpfen muss. Den runden Prunktoren der beiden Nachbarhäuser konnte es nur eine kleine Tür aus Weichholz entgegenhalten, über deren Eingang die Jahreszahl 1703 eingeschnitzt war und die Namen: *Jean und Catherine Braconnier.*

Ein Hugenottenhaus, aber eines der bescheideneren Art, dachte Gontard. Ein kleines weißes Namensschild besagte: *Ludwig Braconnier.*

Er schmunzelte, denn die Bedeutung Braconnier für Wilddieb war ihm, dem Frankreichkundigen, nicht unbekannt. Ob Herr Braconnier selbst die Bedeutung des Namens kannte? Es war zu bezweifeln. Nach dreihundert Jahren und mehr hatten die meisten Nachfahren der Hugenotten mit der Sprache ihrer Väter nichts mehr zu tun.

Ludwig Braconnier wirkte zunächst zwar recht mürrisch, aber die raue Schale beherbergte einen weichen Kern. Er war gerade dabei, sich eine Suppe zu kochen und schaute misstrauisch drein, als er dem Unbekannten die Tür öffnete. Gontard wurde plötzlich klar, dass er nicht wusste, wie er diesem misstrauischen Mann gegenüber seinen Besuch erklären sollte.

Der Mann, der fast achtzig Jahre alt sein mochte, kam dem Kripochef zuvor.

»Sind Sie wegen des Mordfalls im Weinberg bei der Villa Ludwigshöhe hier? Sie waren doch bei der Emmi Gruber. Aber was sollen wir Alten dazu sagen? Das Dorf hier ist schon in Aufruhr, was ein Kripochef in Wingertshofen sucht, wo doch der Mord in Rhodt passiert ist. Die Spatzen pfeifen es von den Dächern, dass die Polizei hier ist.«

»Manchmal wissen gerade die Alten mehr als die Jungen, vor allem, wenn man Informationen über die Vergangenheit braucht.«

Herr Braconnier bot dem Kripochef einen Stuhl an, den der Antiquitätenschätzer als Pfälzer Brettstuhl taxierte, so wie er in einfachen, nicht sehr wohlhabenden Haushalten im neunzehnten Jahrhundert zu finden gewesen war.

»Ich habe Grund zur Annahme, Herr Braconnier, dass die Familie Kühn in irgendeiner Weise in den Fall verwickelt ist.«

»Die Familie Kühn ist tot. Ausgestorben. Das Haus ist ein Totenhaus.«

Es klang verächtlich, bitter, aber es schwang auch so etwas wie Triumph in den Worten des alten Mannes mit.

»Eben darum. Eben weil die Familie tot ist, muss ich die Lebenden befragen.«

Bevor Herr Braconnier antworten konnte, kam der Kripochef zur Sache: »Ihr Sohn Philipp war mit der Arzttochter Cordelia befreundet?«

»Mein Sohn ist tot. Auch das Mädchen ist tot. Und der werte Herr Doktor hat Leute wie uns verachtet. Weil wir Nachfahren von Hugenotten waren, Protestanten, und er war doch päpstlicher als der Papst. Wir Protestanten hatten es nicht leicht in einem überwiegend katholischen Dorf wie Wingertshofen. Und wir waren vor allem nicht reich genug. Tagelöhnersohn hat er einmal meinen Sohn genannt, man hat es mir zugetragen. Wir waren nie Tagelöhner, ich war Handwerker. Das Schlosserhandwerk ist ein ehrbares Handwerk. Philipp hat in der Verwaltung gearbeitet auf der Gemeinde, er hätte es noch weit bringen können, vielleicht sogar zum Bürgermeister. Er war tüchtig, er war gescheit, und er war ehrgeizig.«

Herr Braconnier schien in Gedanken sehr weit weg zu sein. Ein Vierteljahrhundert und mehr. Er wischte sich mit der Hand flüchtig über die Augen, als wolle er damit ungeschehen machen, was diese Augen vor so langer Zeit hatten sehen müssen.

»Als ich ihn an jenem 24. Oktober 1962 identifizieren musste, den Jungen, habe ich gedacht, das kann ein Mensch nicht aushalten. Man kann doch danach nicht mehr weiterleben? Meiner Frau hat das alles das Herz gebrochen. Sie ist ein Jahr nach Philipps Tod plötzlich gestorben. Er sah gar nicht entstellt aus, mein Junge, wie man das vermuten könnte. Er war auch äußerlich kaum verletzt, er schien zu schlafen. Da waren Knochenbrüche und innere Verletzungen, wie der Arzt gesagt hat. Ein Sanitäter hat mir hinterher gesagt: ›Eigentlich hätte der Junge überleben müssen.‹ Das war schon merkwürdig.«

Eisernes Schweigen lag schwer wie Blei, fast körperlich spürbar, über der kleinen Stube.

»Das Schlimmste aber war, dass niemand mir glauben wollte. Danach.«

»Was meinen Sie damit, Herr Braconnier?«

»Ich konnte nicht glauben, dass mein Junge, der nie trank, nie raste, angeblich zu schnell gefahren war, gerast war. Ich hätte gerne eine Untersuchung gehabt, aber da war er schon unter der Erde. Die halten doch alle zusammen, und eine Krähe pickt der anderen kein Auge aus. Da hat unsereiner keine Chance.«

»War Philipp Ihr einziger Sohn? Das einzige Kind?«

Wie plump von mir, dachte Gontard, warum muss ich noch Salz in die Wunde reiben?

»Unser einziges Kind, ja, Herr Gontard. Haben Sie auch Kinder?«

»Eine Tochter. Fünfzehn Jahre alt. Im schwierigen Alter.«

»Philipp war nie das, was man schwierig nennt. Schwierig war nur diese Beziehung zu dem Doktormädchen. Und hoffnungslos. Er ließ sich darin auch nicht raten. Ich habe es von Anfang an gewusst, dass die zwei nie zusammenkommen. Der Sohn von einem, der im Dritten Reich keine Arbeit hatte, weil er nicht in der NSDAP war, und die Tochter von einem alten Nazi, der nach dem Krieg tat, als wäre er der größte Wohltäter und Demokrat. Es gab viele von der Sorte. Fett schwimmt immer oben. Jetzt lassen wir das aber. Es ist nicht mehr zu ändern, und es ist alles schon so lange her.«

Verbittert und resigniert schwieg Herr Braconnier.

»Ich habe viel zu viel geredet, das kommt selten vor bei mir. Wenn einmal jemand zu mir kommt ...«

»Sie haben nicht zu viel geredet, Herr Braconnier, das war sehr interessant, und vielleicht haben Sie mich ein Stück vorangebracht.«

Friedrich Gontard fuhr an dem kleinen, unter alten Bäumen gelegenen Friedhof am Ortsausgang vorbei und beschloss spontan, anzuhalten und sich zwei Gräber anzusehen.

Das pompöse Familiengrab der Kühns war sehr gepflegt, frisch geharkt und gegossen. Emmi Grubers Werk, ohne Zweifel. Die Frau, die das Grab neben der Kühnschen Familiengruft goss, sprach den Kripochef an: »Ein guter Mann, der Herr Doktor, ein Wohltäter. Sie sind ein Verwandter?«

»Ein Freund aus Studientagen.«

Die Frau gehörte zu jener Sorte Mensch, die immer einen Tick zu nahe an ihren Gesprächspartner herankommt. Ihr Gesicht näherte sich dem Gontards auf fast bedrohliche Weise.

Er hatte keine Lust zur Konversation, doch die Frau war mitteilsam: »Da waren ein paar böse Leute, die dem Herrn Doktor was anhängen wollten. Von früher, Sie verstehen.« Im Flüsterton fuhr sie fort, indem sie sich umsah, als gälte es, einen Spion auszutricksen, der sich dreist hinter einem Grabstein versteckt hatte:

»Kommunisten, Linke, von Moskau und von Ostberlin gelenkt, die wollten ihm am Zeug flicken! Aber die meisten haben zu ihm gehalten. So ein guter Mann! Sie soll ja nicht alle Tassen im Schrank gehabt haben, die Gnädigste. Eine Adlige, und die Tochter war auch nur für sich und hat nicht viel geredet mit den Leuten vom Dorf. Hochnäsig, Mutter wie Tochter.« Gontard antwortete nicht. Sie merkte, dass der »Freund aus Studientagen« nicht in Gesprächslaune war, und ließ von ihrem Opfer ab.

Friedrich Gontard fand das zweite Grab ganz hinten an der Kirchhofsmauer.

Ein schlichtes weißes Holzkreuz schmückte es.

Philipp Braconnier, stand darauf, *29.3.1940 – 24.10.1962.*

Und darunter: *Elisabeth Braconnier, geborene Borell, 1.11.1918 – 30.9.1963.*

Friedrich stand lange vor diesem Grab, das völlig mit Efeu bewachsen war. In einer Vase direkt vor dem weißen Kreuz stand ein Strauß mit ganz frischen Sommerblumen. Herr Braconnier musste Frau und Sohn sehr geliebt haben. Er gedachte seiner Toten. Sie gedachten überhaupt ihrer Toten in Wingertshofen. Grabpflege war ein wichtiges Ritual auf dem Dorf, wie Gontard wusste.

Auf der Heimfahrt fasste er einen Entschluss. Aber wie sollte er dem Staatsanwalt gegenüber begründen, dass er eine Verfügung für die Exhumierung und Autopsie einer Leiche brauchte, die seit einem Vierteljahrhundert in Frieden ruhte? Wie nicht anders erwartet, reagierte der Staatsanwalt zunächst irritiert, doch letztendlich bekam der Kripochef seine Verfügung. »Auf Ihre Verantwortung«, wie der Staatsanwalt ausdrücklich betonte. Und er murmelte noch: »Wenn es der Wahrheitsfindung dienlich ist«, und legte auf.

Nach dem Telefongespräch sah Friedrich Gontard lange aus dem Fenster.

Er verstand sich selbst manchmal nicht.

15. KAPITEL

Ein Tagebuchauszug

Heidelberg, den 2. Oktober 1962

Das Semester hat wieder angefangen. Im 6. Semester bin ich jetzt schon, wie schnell die Zeit vergeht.

Kunst habe ich aufgegeben. Vati war dagegen. Er will nicht, dass ich in verkommene Bohemienkreise gerate, die Künstler sind alle Spinner, sagt er. Ich werde Lehrerin für Englisch und Deutsch. Einen Mediziner kannst du immer noch heiraten, meint Vati, und ich weiß, wen er im Sinn hat. Wenn er wüsste, dass Philipp von Anfang an, seit ich in Heidelberg studiere, mit dem Motorrad hierherkommt. In Wingertshofen wurde es immer schwerer mit dem Treffen. Im Wäldchen war man sich nie sicher vor den Dorfbewohnern, und auch die Treffen bei Emmi wurden gefährlich. Die Nachbarn, die sind so neugierig auf dem Dorf, wo man den ganzen Tag hinter den Gardinen hockt und lauert.

Wir machen schöne Motorradausflüge. Ins Neckartal hinaus, in den Odenwald, an die Bergstraße, wo niemand uns kennt und keiner uns nachspioniert.

Seit wir Mr. Beautiful ganz unverhofft in dieser Studentenkneipe getroffen haben, gehen wir nie mehr in der Stadt aus. Wer hätte auch gedacht, dass der schreckliche Kerl mit seinen ehemaligen Saufkumpanen von der *Leonensia* ausgerechnet dann im Roten Ochsen sitzt, wenn Philipp und ich dorthin zum Essen ausgehen?

Lächerlich hat er ausgesehen, in seiner Uniform und der Kappe, wie beim Fasching, doch wie umwerfend toll und unwiderstehlich er sich vorkam! Er hat sich nicht verändert seit damals in der Tanzstunde bei Wienholt in Landau. Kein bisschen. Philipp hat er völlig ignoriert. Ich solle den Papa grüßen, hat er süffisant gesäuselt, und er sei selbst ja nur ausnahmsweise mal in Heidelberg wegen der Nostalgie, um mit den Kameraden einen zu heben. Er sei im Übrigen seit einem halben Jahr fertig mit dem Studium und arbeite als Assistenzarzt im Landauer Krankenhaus. In der Ambulanz, eine blutige Angelegenheit. Dabei hat er gelacht. Er steigt mir nach, seit Jahren, und als ich nach Heidelberg gekommen bin, hat er mich geradezu verfolgt. Ich ging ihm aus dem Weg, wo es ging. Einmal habe ich eine Einladung zu einem Verbindungsfest angenommen, und auf dem Nachhauseweg wollte er mich im Auto vergewaltigen. Wie naiv ich war, dass ich überhaupt eingestiegen bin. Zum Glück waren Leute in der Nähe, ich habe geschrien wie verrückt, da hat er von mir abgelassen. Von da an hat er mich auch nicht mehr belästigt. Das hätte ihm gefallen, das hübsche Arzttöchterlein. Und wie schön könnte man da zwei Fliegen mit einer Klappe schlagen. Die Frau und die Arztpraxis noch gleich dazu. Sich ins gemachte Nest setzen, das war ein sauberer Plan. Vati mag Mr. Beautiful, er würde sofort seinen Segen zu dem glücklichen Bund geben.

Mr. Beautiful hat dann auch zu mir gesagt, mit einem schrägen Blick auf Philipp: »Einen schönen Gruß auch an den Herrn Papa. Auf Wiedersehen.«

Er ist zu seinen Kumpanen zurückgestelzt, wie ein Pfau, der schon ein wenig Schräglage hat. Er hat etwas zu den anderen gesagt, indem er zu uns zurückblickte, und die ganze Corona lachte schallend.

Philipp hat die ganze Zeit über geschwiegen, wir haben unser Essen runtergewürgt und sind dann schnell gegangen. Hoffentlich sagt Mr. Beautiful Vati nichts von unserem Treffen. Ich würde ihm alles zutrauen. Wir sind hochgefahren zum Heiligenberg und zur Thinkstätte, und wir haben uns geliebt, als sei es das letzte Mal. Ich habe hinterher geheult, weil es so schön gewesen war, und Philipp hat mich lange im Arm gehalten, eine Ewigkeit und doch viel zu kurz. Es war dunkel geworden, und Philipp hatte noch einen langen Nachhauseweg.

Schade, dass die Ärztin, die ich neulich um ein Rezept gebeten habe, so spießig war. »Die Pille? Die gebe ich nur an verheiratete Frauen aus. Wo ist Ihr Trauschein?« Die alte, verbiesterte Zicke. Aber es wird schon gut gehen, auch ohne die Pille, wir sind vorsichtig. Doch manchmal habe ich Angst, ich weiß nicht, wie alles weitergehen soll mit uns beiden.

Es kommt schon auch vor, dass ich an Vatis Worte denke: Du wirst dich doch nicht mit einem abgeben, der keine höhere Bildung hat, und es gibt Momente, wo ich Vati recht geben muss. Wenn Philipp mir ab und zu einen Brief oder eine Karte schreibt und ich die Orthographiefehler sehe, dann stört mich das schon, das muss ich zugeben. Aber kann Philipp etwas dafür, dass sein Vater kein Geld hatte, ihn aufs Gymnasium zu schicken? Und Philipp ist intelligent, er kann besser rechnen als ich, er hat einen Sinn fürs Praktische, der mir fehlt. Er ist auch wissbegierig, und es macht mir Spaß, ihm etwas beizubringen. Englische Literatur interessiert ihn, vor allem für Shakespeare begeistert er sich. Wir haben eine wundervolle Aufführung des *Sommernachtstraums* im Haus Buhl angesehen, Philipp war begeistert, und er hat danach gesagt, er möchte unbedingt Englisch lernen. Ich bewundere Philipp, er hat tausendmal mehr Grips als viele von meinen Kommilitonen, die nur studieren, weil ihr Papi das so will und die Moneten dazu hat. Wir werden es schon schaffen, aber wie kriege ich Vati nur dazu, uns seinen Segen zu geben?

16. KAPITEL

Ein Tagebuchauszug

31. Oktober 1962

Wie gelähmt bin ich gewesen all die Tage seit der Nachricht, dass Philipp tot ist. Emmi hat angerufen, und ich habe nur geschrien. Die Vermieterin hat an die Tür geklopft, und ich habe in meiner Panik gesagt, mein Cousin sei gestorben. Sie weiß nichts von Philipp, wir haben uns nie hier getroffen. Wenn es nur mein Cousin gewesen wäre!

Ich weiß nicht, wie ich weiterleben soll. Ohne Philipp hat alles keinen Sinn. Ich weiß nicht, was ich schreibe, diffuses Zeug, aber ich bin ja fast verrückt, das alles ist schlimmer als Muttis Tod. Noch nicht einmal zu Philipps Beerdigung habe ich gewagt hinzugehen, wegen der Leute, wegen Vati. Ich liege nachts wach und ich denke, ich werde verrückt, denn ich kann mich niemand anvertrauen, und Emmi ist weit weg in Wingertshofen. Ich existiere wie eine Puppe vor mich hin, wie ein Automat. Und so vergeht Tag um Tag, und ich weiß keinen Ausweg. Die Hölle kann nicht schlimmer sein.

17. KAPITEL

Noch einmal das Haus der toten Seelen

»Heute muss ich noch mal zur Hausschätzung in die Südpfalz«, sagte Friedrich Gontard zu Anna.

Er hätte eher mit einer wenig erfreuten Reaktion gerechnet, wenn er auch am Wochenende unterwegs wäre, nicht dienstlich, sondern seinem Hobby frönend.

Anna, die selbst sehr begeistert von Kunst und Antiquitäten war, teilte bis zu einem gewissen Grad diese Leidenschaft ihres Mannes, doch es gab Grenzen.

Wenn Anna einen gemeinsamen Ausflug, einen Besuch bei Bekannten oder Ähnliches im Sinn hatte und ihr Mann einen Hobbytermin wahrnahm, hing nicht selten der Gontardsche Haussegen schief. Die Schieflage des Haussegens wurde dann zwar immer wieder behoben, sei es durch ein gemeinsames Ausgehen in einem netten Restaurant oder den Besuch eines Museums, einer Ausstellung oder eines Konzerts. Aber geradezu fröhlich nahm Anna die Mitteilung heute auf, und da war, wie Gontard erstaunt feststellte, eine gewisse Erleichterung zu spüren, als sie sagte: »Du hast dir das verdient nach der anstrengenden Woche.«

Woher diese neue Großzügigkeit Annas? Sie wusste nichts Genaues über den neuen Fall, sie kannte nicht die Verbindung zwischen dem Privaten und dem Dienstlichen in der Mordsache des Toten im Weinberg.

Sie gab ihm einen flüchtigen Kuss.

»Bis heute Abend dann. Viel Spaß beim Stöbern in dem alten Gerümpel. Und bring mir was mit für den Flohmarkt!«

»Das könnte allerdings sein, dass ich da was für dich habe. Richte mal schon dein Geld. Wir müssen das alles schön abrechnen mit Walter Hertel. Damit der Erbe in Amerika sich die Hände reiben kann. Puppen werde ich bringen, denke ich.«

»Toll. Adieu.«

»Halt. Was ist mit Lilli?«

»Stubenarrest, wie du weißt.«

Lilli kam die Treppe heruntergelaufen, ging zum Kühlschrank, stellte sich Vorrat für mehrere Tage auf ein Tablett und trug es zu ihrem Zimmer hoch, gefolgt von Willi, der schnaufend und schwerfällig die Stufen erklomm.

»Komm, Willi, leiste mir Gesellschaft bei meiner Einzelhaft.«

Sie rief von oben zu ihren Eltern hinunter: »Steffis Mutter hat die Schere genommen und Steffi die pinkfarbene Haarsträhne einfach abgeschnitten. Das geht zu weit. Da bin ich bei euch besser dran.«

Und mit einem Knall schloss sie die Tür hinter sich.

»Das war eine Liebeserklärung an uns«, sagte Anna. »Das kommt bei Teenagern selten vor.«

Sie schubste ihren Mann zur Tür hinaus.

»Jetzt aber zu den Puppen in die Villa. Und dass du mir mindestens eine Armand Marseille Puppe mitbringst, oder eine Simon & Halbig.«

»Die kämen mir nicht auf den popeligen Flohmarkt, sondern zur Spielzeugauktion nach Ladenburg. Was denkst du denn?«

»War auch nur ein Scherz. Mit einer Käthe-Kruse-Puppe bin ich auch schon zufrieden, oder mit Blechspielzeug aus den Fünfzigerjahren. Oder mit Tieren der Marke Steiff mit Knopf im Ohr.«

Gontard lachte. Aber unterwegs, als er Richtung Haardt fuhr, fiel ihm wieder Annas Reaktion ein. Komisch, wirklich, diese unverhoffte Großzügigkeit. Vielleicht musste sie Hefte korrigieren und war froh, ihn los zu sein. So tröstete er sich.

Er wischte sich Schweißperlen von der Stirn, kurbelte das Fenster herunter. Wieder solch ein brennend heißer Tag.

Der Speyerer Dom tauchte zu seiner Rechten auf. Ein englischer Dichter, fiel ihm ein, hatte diesen Dom in einem Roman ein hässliches Bauwerk genannt. War es E. M. Forster gewesen? Anna hatte ihm die Stelle einmal vorgelesen. Zu oft zerstört im Lauf der Jahrhunderte, zu oft restauriert, hatte der Speyerer Dom seine Aura verloren. Jede romanische Dorfkirche in Frankreich, jede normannische Kathedrale in England hatte mehr Ausstrahlung. Vielleicht hatte der Dichter recht, aber imposant war das Bauwerk trotzdem, und die stattliche Silhouette beeindruckte schon von der Ferne.

18. KAPITEL

Puppen und Schäferstündchen

Wie eine Woche zuvor schon, beschlich Friedrich Gontard ein Gefühl von Beklommenheit, als er zur Kühnschen Villa emporstieg in das Dunkel hinein. Er, der sich eben im Auto noch nach Kühle gesehnt hatte, schauerte zusammen, als er sich durch die finsteren Tannen und durch Gestrüpp und Unkraut hindurch einen Weg zum Eingang des Hauses bahnte.

Das Erdgeschoss hatte er am Samstag zuvor gründlich durchforstet, auch die meisten Gegenstände eingeschätzt und katalogisiert. Auf den ersten Stock war er neugierig. Was würde ihn erwarten?

Er hatte mit allem gerechnet, aber nicht mit diesem Anblick. Das große Gemälde am oberen Ende der Treppe, das Gontard so fasziniert hatte wegen seiner satirischen Doppelsinnigkeit, war das letzte Bild, das von einem namhaften Maler stammte. Als Gontard das Flurlicht anknipste, stand er in einer kleinen Gemäldegalerie der ganz anderen Art. Hier hing Kinderbild an Kinderbild, dicht an dicht. Wie in der Eremitage, ging es durch Gontards Kopf, Petersburger Hängung. Bei näherem Hintreten konnte man die Signatur der Künstlerin lesen: *Cordelia Kühn.* Unzählige Bilder in allen möglichen Formaten, von sehr klein bis riesig groß, und in allen möglichen Techniken gemalt oder gezeichnet, waren da auf engstem Raum versammelt. Kinder, Mädchen und Jungen, die in Öl, Aquarell, Acryl, in Kreide, Rötel, Kohle, Bleistift oder mit der Tuschfeder dargestellt waren, trugen Kleider und Frisuren einer vergangenen

Epoche, und auf merkwürdige Art ähnelten sie sich alle, obwohl sie mal blonde, mal dunkle, manchmal auch rötliche Haare hatten.

Alle Bilder trugen das Datum ihrer Entstehung. Sie waren alle in den letzten paar Jahren gemalt oder gezeichnet worden. Gontard schritt wiederholt diese merkwürdige Gemäldegalerie ab, und nun erkannte er, worin diese Bilder sich ähnelten. Sie stellten immer wieder den gleichen Kindertyp, wenn nicht das gleiche Kind dar, einmal als Junge, einmal als Mädchen. Er kannte dieses Kindergesicht, denn er hatte es eine Woche zuvor in dem Album im unteren Stock gesehen. Diese Kinder waren alle Versionen der Malerin als Kind. Das Mädchen, das seine Schildkrötpuppen fest an sich drückte, das Mädchen, das als kleine Brautjungfer an der Hand des Vaters den Korb mit Streublumen hielt, das Mädchen mit Hahnenkammfrisur, das zwischen Vati und Mutti stand.

Gontard, in Erwartung der Fortsetzung der Cordelia Kühn-Gemäldegalerie, öffnete die erste der drei Türen, die vom Flur aus in die jeweiligen Zimmer führten. Sich an die Architektur des Hauses erinnernd, wurde ihm klar, dass diese drei Zimmer im Rund des Rapunzelturms lagen, der den hinteren Teil des Hauses bildete.

Er kam aus dem Staunen nicht heraus, denn nicht weitere Bilder der begabten Kunstdilettantin Cordelia Kühn waren hier ausgestellt, sondern Puppen und Nostalgiespielzeug, das jedes Sammlerherz höher schlagen ließ, boten sich seinem Auge. Sammlerkunststücke mit derzeit großem Marktwert waren hier zusammengetragen worden.

Mit prüfenden Blicken taxierte Friedrich Gontard die Pretiosen: zwei Armand Marseille Puppen und drei Simon & Halbig Puppen der Jahrhundertwende, mehrere Schildkrötpuppen, vier Biskuitporzellan-Charakterbabys, zwei Heubachpuppen mit Porzellan-Kurbelköpfen, eine Kestnerpuppe mit braunen Schlafaugen und offenem Mund, ein *Hampelchen* der Marke Käthe Kruse, ein schmollendes *Googly* mit blauen, seitlich blickenden gemalten

Augen und fünf drollige *Kewpies* mit festem Kopf und beweglichen Armen. Und dort drüben saßen in einem Regal die drei Schildkrötpuppen, welche das Kind Della aus dem Fotoalbum mit halb trotziger, halb ängstlicher Miene an sich presst.

Eine ganze Kindheit war hier festgehalten, eine Kindheit und viel mehr, denn dies war eine teils später entstandene Sammlung, welche eine große Sehnsucht verriet. Selbst das verwöhnte Arzttöchterchen Della Kühn konnte nicht soviel Spielzeug besessen haben.

Zwischen den Puppen standen Steifftiere en masse: Von der Giraffe bis zum Zebra über Fische, Vögel und Affen waren alle erdenklichen Tiere vertreten. Ein Eldorado für Spielzeugsammler, dachte Gontard, und er kalkulierte blitzschnell die Werte in diesem Zimmer allein auf etwa dreißigtausend DM. Doch neben dem pekuniären Wert, interessant für den Privatmann Gontard, stellte diese Sammlung eine Offenbarung für den Detektiv, den Polizeimann Friedrich Gontard dar.

Das nächste Zimmer, das wohl Cordelia Kühn als Schlafzimmer gedient hatte, enthielt außer der sehr spartanischen Einrichtung von Bett, Schrank und Nachttisch im Stil der Fünfzigerjahre aus der Jungmädchenzeit der Bewohnerin mehrere Puppenstuben, Kaufläden und Kinderspielzeug aus Blech. Ein Puppenkarussell, ein Zoo, ein Bahnhof, ein Zirkus mit Clowns, die an Drahtgestellen auf und ab wippten. Stehaufmännchen, grotesk und kunterbunt, waren hier aufgereiht. Mehrere Minipuppenwägen, ebenfalls aus Blech, mit Zelluloidpüppchen darin, standen auf dem Regal über Cordelia Kühns Bett.

Das Regal daneben zierten mehrere Szenen aus Porzellan, liebevolle Darstellungen von spielenden Kindern. Meißen, um 1900. Das sind Figuren des Modelleurs Konrad Hentschel, dachte Gontard. Wie hübsch. Und wie wertvoll. Sehr gefragt zur Zeit. Am besten gefiel ihm das Kindchen, das seine Katze nach Kinderart ein wenig tollpatschig umarmt und das andere Kind, das in der Hocke seinem Püppchen das Laufen beibringen möchte.

Ganze Familien waren in den Puppenstuben versammelt. Kunstvolle Minipuppen, der Vater mit hochgezwirbeltem Schnurrbart ganz nach des Kaisers Art, die elegante Mutter, eine Kinderschar, aufgereiht wie die Orgelpfeifen, und die Gouvernante mit Dutt und hochgeschlossenem Kleid.

Gontards Blick fiel auf ein Büchlein, das ebenfalls im Regal stand: *Haustöchterchens Kochbuch für Spiel und Leben.*

Dies war die Behausung einer Frau, die mit siebenundvierzig Jahren gestorben war.

Anna wird sich freuen, dachte Gontard. Einiges für den Flohmarkt. Aber doch das meiste für eine Auktion. Bevor er das Schlafzimmer Cordelias verließ, fiel ihm ein mit Blumen bemaltes Kästchen auf, das auf dem Nachtisch stand.

Gontard konnte der Versuchung nicht widerstehen, das Kästchen zu öffnen.

Es enthielt gesammelte Zeichnungen aus Dellas Kindertagen: Das oberste Blatt war ein Muttertagsbildchen. *Für die liebe Mutti von Della. Mai 1951.* Getrocknete Vergissmeinnicht, Schafgarbe und Butterblumen waren, mit einem Samtbändchen verziert, durch das Loch des gebastelten Zeichenblatts gezogen. Nachdem er sich drei Blätter angesehen hatte, die zwar anrührend, aber ohne sammlerischen oder sonstigen Wert waren, schloss Gontard den Deckel und ging nach unten.

Kann man samstags Leute besuchen, unangemeldet, fragte er sich, entschied sich aber dagegen. Emmi Gruber würde er auch noch am Montag erreichen können, und zwar dienstlich und offiziell.

Der Detektiv in Gontard setzte sich durch, und er fuhr nicht zu Emmi Gruber, sondern nach Edenkoben. Er würde einen höflichen Vorwand finden, diesen Besuch zu erklären. Er parkte etwas vom Haus Casanus entfernt und nahm den Weg über die Terrasse, da niemand auf sein Klingeln hin öffnete. Die Klingel war leise, wie er bemerkte, und Frau Casanus war offenbar draußen bei dem sommerlichen Wetter.

Er verlangsamte seine Schritte, als er die Stimmen hörte, die unverkennbar waren. Eine heisere Männerstimme voller Verlangen und Drängen, eine Frauenstimme, die, sonst auffallend hell und mädchenhaft, nun ebenfalls rauer klang, nicht nur diesem Drängen nachgebend, sondern fordernd, aufreizend. Wortfetzen drangen an Gontards Ohr. Er blieb wie angewurzelt stehen und wagte nicht zu atmen.

»Was ist mit Sabine?«

»... kommt nicht vor zwölf Uhr heim ... Fête im Tennisclub.«

»... und die Alte?«

»... ist bei einer Freundin in Neustadt mit dem Rad ... nicht vor dem Abendessen. Zeit genug. Komm. Komm ...«

Die Männerstimme wurde keuchend, die der Frau hell, ging in spitze kleine Schreie über, wie die Schreie einer Katze bei Nacht. Der Mann hinter der Ligusterhecke schämte sich.

Undankbare Rollen habe ich heute zu spielen. Zuerst gebe ich den Leichenfledderer im Haus der toten Seelen, nun spiele ich auch noch die Rolle des Voyeurs, dachte Gontard. Wie ein Verbrecher schlich er sich leise, um kein Aufsehen zu erregen, zu seinem Auto zurück.

Und meine dritte Rolle am heutigen Tag ist die des gehörnten Ehemannes, dachte er, als er in Hohenkirch angekommen war und eine übersprudelnde Anna ihm eröffnete, dass sie ganz spontan bei Martin Ferber, dem neuen Englischkollegen, gewesen war und mit ihm die Unterrichtsreihe für den gemeinsamen Grundkurs »Songs im Englischunterricht« vorbereitet habe.

Das altmodische Wort Hahnrei fiel ihm ein. Täuschte er sich, oder war Anna aufgedreht wie sonst nie?

»Songs von Supertramp. Den *Logical Song* zum Beispiel, den

Roger Hodgson geschrieben hat. Dann Songs von Queen. Und von ... Aber die Gruppe kennst du ja eh nicht!«

»Ja, weil ich so ein alter Knacker bin«, stieß Gontard bitter hervor.

Er verachtete sich selbst, während er die Worte aussprach. Er, der doch nie eifersüchtig war, der Eifersucht für eines der unwürdigsten Gefühle hielt, schien neben sich selbst zu stehen und sich als den Hauptdarsteller in einer Schmierenkomödie agieren zu sehen. Aber er hatte sich nicht unter Kontrolle und setzte noch eins drauf: »So-viel pädagogischer Eifer, und das noch am Wochenende?«

Anna, die ihren Mann freudig begrüßt hatte, wich einen Schritt zurück, erschrocken über seine unverhoffte Reaktion, und sie sagte, indem sie Gontards ureigenste Gedanken aussprach: »Du bist doch nicht etwa eifersüchtig? Du? Sagst du nicht immer, Eifersucht sei niedrig, unwürdig, nicht besser als Neid, Geiz und Habgier? Und woher dieses dumme Misstrauen?«

Die heiseren und gierigen Stimmen des ehebrecherischen Paares im Kopf, erwiderte Friedrich Gontard barsch: »Ich bin doch auch nur ein Mensch. Gönne mir meine niederen Gefühle.«

Ohne Annas Antwort abzuwarten, die ungläubig und wie angewurzelt vor ihm stand, drehte er sich auf dem Absatz herum und stapfte laut die Treppe zu Lillis Zimmer hoch.

Aus Lillis Zimmer drang lautes Schluchzen. Ohne anzuklopfen, öffnete Friedrich Gontard die Tür. »Lilli, Kind, so böse haben wir das nicht gemeint mit deinem Stubenarrest ... Man könnte noch mal darüber ...«

»Das ist es nicht, Papa, das ist es nicht.«

Lilli saß an ihrem Schreibtisch, vor sich die aufgeschlagene Mappe mit Fotos, welche Gontard von Dr. Mattern bekommen hatte. Sie saß wie erstarrt vor der Mappe, und die Tränen kullerten über ihre Wangen.

Gontard ging zu seiner Tochter hin und sah ein großes Foto mit einer Szene, die aus dem Gruselkabinett des Dr. Caligari zu stammen schien, nur viel schlimmer. Vier Kinder von etwa zehn Jahren mit ganz kurz geschorenen Haaren schauten den Betrachter an, vier nackte Kinder, abgemagert bis auf die Knochen. Es war nicht festzustellen, ob es sich um Jungen oder Mädchen handelte, denn ihre Genitalien waren verstümmelt. Mit ihren klauenartigen Händen hielten sie sich aneinander fest, in einem letzten verzweifelten Versuch, so etwas wie einen Rest menschlicher Nähe zu spüren. Die Augen der Skelettkinder schienen erloschen und stumpf, obwohl sie übergroß in den Höhlen lagen, Totenköpfen gleich.

Unter dem Foto stand geschrieben: *Im Namen einer unmenschlichen Ideologie zu Menschenversuchen missbraucht. Grafeneck. 1941.*

»Ich habe das in deinem Büro gefunden, Papa. Ich wollte nur einen Radiergummi suchen, da habe ich das …«, erklärte Lilli schluchzend.

»Ist schon gut. Das hat mit meinem neuen Fall zu tun. Ein Verbrechen, das letzten Sonntag passiert ist und mit der Vergangenheit zu tun hat.«

Nach einer Weile fügte er hinzu: »Sollen wir die Fotos gemeinsam durchgehen? Ich bin selbst noch gar nicht dazu gekommen, sie anzusehen.«

Einzelfall um Einzelfall, Krankengeschichte um Krankengeschichte hatte Dr. Mattern hier bildlich und mit kleinen erklärenden Kommentaren zusammengetragen.

Da war der Fall des Landwirts, der, weil er das Dritte Reich als Satanswelt bezeichnete, die dem Untergang geweiht war, wegen paranoider Schizophrenie in die Anstalt eingewiesen worden und mittels des Luminal-Schemas der wilden Euthanasie zum Opfer gefallen war.

Ein Zwillingspärchen, etwa vier Jahre alt, das von Dr. Mengele, dem sadistischen Auschwitzarzt, zu »Forschungszwecken« an den

Händen und Armen aneinandergenäht worden war. *Siamesische Zwillinge*, stand auf einem Schild über dem weißen Gitterbettchen, wie zum Hohn.

Die bedauernswerten Kinder sind an Wundbrandinfektion elend zu Grunde gegangen, hatte Dr. Mattern darunter notiert.

Ein abgemagertes Mädchen von unbestimmbarem Alter, ein vergreist wirkendes Geschöpf, das laut Schild an »mongoloider Idiotie« litt, an ein Bett gefesselt: Evchen Diehl, im Zuge der wilden Euthanasie dem Hungertod preisgegeben. Klingenmünster, 1944.

Ein Mädchen in beginnender Pubertät, die Arme schamhaft vor der Brust verschränkt: *Roswitha Steinbach, Romamädchen, nach einer Luftinjektion in dramatischem Todeskampf erstickt.*

Auf allen Fotos gemarterte Menschen mit toten Augen ohne Hoffnung, Augen, die nicht mehr weinen konnten, denn sie hatten alle Schrecken der Welt gesehen.

Etliche Fotos stammten aus den Reichsanstalten Grafeneck und Hadamar. Dr. Mattern hatte darunter mit Bleistift vermerkt: *Kühn? Casanus? Decknamen? Noch erforschen!*

»Warum habt ihr das zugelassen?«, fragte Lilli.

»Ich war gerade mal zwei Jahre älter als du jetzt, als sie mich von der Schulbank weggezerrt haben in den Krieg. Sie haben mich in diese unselige Uniform gesteckt, mir ein Gewehr in die Hand gedrückt und mich gezwungen, zu töten. Wer sich widersetzt hat, wurde an die Wand gestellt, liquidiert. Und deine Mutter war vier Jahre alt, als der Krieg zu Ende war.«

»Das waren Monster, die so etwas tun konnten, oder?« Sie zeigte auf die Fotos auf ihrem Schreibtisch.

»Ich weiß es nicht. Das Unglaubliche ist, dass viele von ihnen ganz normale Menschen waren. Sie hatten Familien, Kinder, die sie liebten. Das ist das Teuflischste an der Sache.«

Die Vision von Dr. Josef Kühn, dem liebenden Vater einer Tochter, tauchte vor Gontards Innerem auf. Er hatte das nie verstehen können, er würde es niemals verstehen, wie beides vereinbar war: Liebe zum eigenen Kind und ein Hass, der über Leichen geht.

»Das glaube ich nicht, Papa. Das müssen Monster gewesen sein.«

»Doch, Lilli. Sie waren im Wahn. Sie haben die Menschen in zwei Gruppen eingeteilt: in lebenswerte und lebensunwerte. Die Lebensunwerten mussten ihrer verrückten Ideologie nach vernichtet werden.«

Sie blätterten weiter: Personal mit Patienten. Krankenschwestern und Pfleger, die Spritzen gaben, Medikamente verabreichten.

Einige Vertreter des höllischen Personals lachten fröhlich in die Kamera. Fragezeichen, von Dr. Mattern gesetzt. Wer waren all diese willigen Helfer?

»Die Täter haben alle ihre Strafe bekommen?«

»Viele nicht, vielleicht sogar die meisten nicht.«

Ungläubig starrte Lilli vor sich hin, dann sagte sie: »Die Fotos sind noch schlimmer als die Fotos von den Tramperinnen, die du mir gezeigt hast.«

»Ja, du hast recht.«

»Ich wünsche dir viel Glück für deinen Fall, Papa.«

Lilli verschnürte die Mappe mit dem Band und gab sie ihrem Vater zurück.

»Es ist vielleicht verrückt, was ich gerade denke. Aber ihr habt mir verboten, die *Rocky Horror Picture Show* anzusehen, und nun dies hier. Viel schlimmer als ein Film, weil all das wirklich passiert ist.«

»Versuche zu schlafen, Lilli. Trotz der schrecklichen Bilder eben.«

»Ich versuch's.«

Als Gontard auf Zehenspitzen ins Schlafzimmer ging, um Anna nicht zu wecken, erschrak er. Lauter weinende Frauen heute, wenn auch aus verschiedenen Gründen! Er hätte es sich denken können. Anna schluchzte still vor sich hin.

»Dein Misstrauen ist so erniedrigend. Und schau mal auf deinen Nachttisch, das habe ich dir schon heute morgen geben wollen.«

Gontard nahm den Umschlag, in dem eine Karte steckte. Es war eine Einladung an das Ehepaar Gontard nebst Tochter Lilli zur Hochzeit von Martin Ferber und Esther Berneck in drei Wochen.

Beschämt ließ Gontard die Karte zu Boden sinken.

»Verzeih mir, verzeih mir«, stammelte er.

»Komm, nimm mich in die Arme«, sagte Anna.

Sie liebten sich in dieser Nacht, wie sie sich schon lange nicht mehr geliebt hatten.

19. KAPITEL

Ein Puppenheim

»Ein schönes rundes Datum«, sagte Anna, als sie nach dem Frühstück eine Karte an ihre Mutter, die Pfarrerswitwe Nüsslein, schrieb. »28.8.88. Nette runde Zahlen. Übrigens, was machen wir eigentlich mit diesem schönen runden Sonntag? Lass uns was unternehmen.« Sie überlegte ein bisschen und hatte dann eine Idee.

»Ich weiß. Wir gehen in die Villa Ludwigshöhe und schauen uns mal wieder die Slevogtgemälde an.«

Friedrich Gontard hätte gerne zu bedenken gegeben, dass er in der letzten Woche eigentlich genug Zeit unweit der Villa Ludwigshöhe zugebracht hatte. Und nun auch noch am Sonntag in die Nähe eines Tatortes fahren? Seine Begeisterung hielt sich sehr in Grenzen, aber er wollte Anna die Bitte nicht abschlagen, zumal ihn wegen seiner unbegründeten Eifersuchtsattacke Gewissensbisse plagten. Lilli interessierte sich nicht für das Ausflugsziel der Eltern und musste zudem für eine Physikarbeit büffeln. Steffi käme, da der Hausarrest noch lange nicht aufgehoben war, zum gemeinsamen Lernen nach Hohenkirch.

»Dein Fall hat mit der Villa Ludwigshöhe zu tun, stimmt's? Und deine Antikschätzerei doch auch? Oje, daran habe ich nicht mehr gedacht.«

»Macht nichts. Ich begehe den Tatort heute nicht, ich schnüffle nicht im Gras rum, wo der Tote gelegen hat. Versprochen.«

Die Villa Ludwigshöhe war nicht sehr gut besucht. Es war kein

Museumswetter, und auch die zünftigen Wanderer mit Hut und Stock fehlten. In nur wenigen Wochen, beim Beginn der Weinernte, würde das Gewimmel wieder beginnen, die Fans des Federweißen würden wieder die Orte an der Weinstraße, die Kastaniensammler die Wälder unterhalb der vielen Burgen entlang des Haardtgebirges unsicher machen.

»Immer wieder schön, die Bilder«, sagte Anna, als sie vor dem hochformatigen Slevogtgemälde *Bal paré* stand, das den Maler mit seiner Frau Nini in festlicher Aufmachung zeigte. Ein Gemälde, hoch und schmal wie ein Flurspiegel.

Vielleicht war es das Thema »Pfälzer Maler«, welches Gontard auf die Idee brachte, nach Wingertshofen zu fahren und Anna die Kühnsche Villa zu zeigen. Sie würde dann schon einmal einen Eindruck davon haben, welche Gegenstände für den Flohmarkt in Frage kämen und was sie selbst an Geld dafür investieren wolle. Denn auch die Flohmarktartikel mussten fein säuberlich mit Walter Hertel, dem Nachlassverwalter, abgerechnet werden.

Vom Parkplatz der Villa Ludwigshöhe aus deutete Gontard nach unten in Richtung Weinberge.

»Da unten lag er, der tote junge Mann.«

»Schaurig.«

Anna wandte sich ab. Sie unterließ es, Fragen zu stellen, um ihren Mann nicht in die Bredouille zu bringen. Eine Polizistenfrau lernt mit der Zeit, nicht alles wissen zu wollen. Aktuelle Fälle des Kripochefs waren als Gesprächsstoff unter den Eheleuten nahezu tabu.

Im Gasthaus *Am Dorfbrunnen* in Hainfeld aßen die beiden zu Mittag. Sie liebten dieses Lokal mit seinen deftigen Pfälzer Spezialitäten.

»Mal wieder was für meine bekennende Pfälzerin, gell?«

»Aber du Frankfurter Würstchen scheinst das Pfälzer Essen auch nicht zu verachten, oder?«

Die Kühnsche Villa, unter hohen, dunklen Tannen versteckt,

machte Anna Angst. Sie hakte sich ganz dicht bei ihrem Mann unter.

Gontard kramte den Schlüssel hervor.

»Ich brauche nicht zu klingeln. Erstens habe ich den Schlüssel, und zweitens sind die Besitzer tot. Ein bisschen geschmacklos, meine letztere Bemerkung, oder?«

»Apropos klingeln. Du Friedrich, der Name hier auf dem Türschild bringt bei mir wirklich was zum Klingeln. Die Engländer sagen: *It rings a bell!* Der Name Cordelia Kühn. Na so was!«

»Was meinst du?«

»Eine Cordelia Kühn hat mit mir Englisch studiert in Heidelberg, soweit ich mich erinnere. Es ist ja auch schon fünfundzwanzig Jahre her und mehr.«

»Du hast sie gekannt?«

»Gekannt wäre zu viel gesagt. In einigen Seminaren waren wir zusammen. Der Name wurde hie und da aufgerufen. Da sie Cordelia hieß, wie die jüngste Tochter von King Lear, hat der Professor sie besonders gemocht und sie oft aufgerufen. Sie hat, wie ich mich erinnere, ihre Semesterklausur sogar vor allen vorlesen dürfen. Sie war intelligent. Fleißig auch, und sehr hübsch, aber ... sie war nicht mein Freundestyp.«

»Warum nicht?«

»Sie hatte was Arrogantes, Unnahbares. Sie saß immer allein. Auch in der Mensa hat sie immer allein gegessen. Einmal habe ich sie mit einem jungen Mann gesehen. Auf einem Motorrad, unten am Marstall. Aber der war kein Student, glaube ich. Man kannte sich doch vom Sehen, von der Uni, von der Mensa. Die Uni war ein Kaff.«

»Und wie klein die Welt doch ist.«

»Sie war plötzlich weg. Nach dem fünften oder sechsten Semester ungefähr. Einige haben gemunkelt, sie habe geheiratet. Die biologische Falle.«

»Was meinst du damit?«

»Na ja, sie musste halt heiraten. Meine damalige Freundin Ursula hat mal gesagt, diese Cordelia Kühn wird so rundlich um die Taille.« Anna deutete mit Gesten einen Babybauch an.

»Ach ja?«, entfuhr es Friedrich Gontard.

»Offenbar ist sie unverheiratet geblieben«, sagte Anna, welche die Verblüfftheit ihres Mannes entweder nicht bemerkt hatte oder sie diskret ignorierte.

»Nein, sie hatte keine Kinder. Sie ist vor einem halben Jahr gestorben, ihr Vater vor fünf Jahren.«

Nun war es an Anna, überrascht zu sein.

»Sieh an. Nun ja, das mit der Rundlichkeit war auch nur ein Gerücht. Und Ursula hat auch gerne mal übertrieben.«

»Da siehst du mal wieder, wie das so ist mit Gerüchten.«

Das Erdgeschoss interessierte Anna zwar wegen der unerwartet wertvollen Möbelstücke, die hier zu bewundern waren, aber der obere Stock versetzte sie geradezu in Entzücken. Vor dem Gemälde *Die heimatlosen Karrenzieher* blieb sie lange stehen.

»Das berührt mich sehr«, sagte sie.

Die Gemäldegalerie Cordelia Kühns beschritt Anna zögernden Schritts, sinnierend blieb sie vor jedem Bild stehen: »Sie war eine Künstlerin. Eine richtige Künstlerin.« Und sie fügte hinzu: »Ich sehe in den Gesichtszügen all dieser gemalten und gezeichneten Kinder die kleine Cordelia Kühn, obwohl ich nur die erwachsene Cordelia gekannt habe.«

»Della hieß sie in Wingertshofen«, erklärte Gontard.

Er führte Anna in die Zimmer. Beim Anblick all der Spielsachen rief sie aus: »Das gibt es nicht. Das ist eine ganze Kindheit und mehr. All diese Puppen, Tiere, das herrliche Spielzeug.«

Doch dann fügte sie hinzu: »Wie gruselig eigentlich.«

»Ich verstehe, was du meinst.«

»Komm, lass uns gehen. Ich komm mir so voyeuristisch vor, als würde ich in einem fremden Leben rumschnüffeln, das mich nichts angeht. In einem …«

»… in einem verpfuschten Leben?«

»Schlimmer. In einem nicht gelebten Leben. Dieses Spielzeug, diese Kinderbilder sind doch ein Ersatz. Puppen wie Kinder. Kinder wie Puppen.«

»Ich glaube, du hast recht, Anna.«

Auf dem Regal vor Anna stand eine runde Spieluhr aus dem Erzgebirge: Musizierende Engelchen saßen und standen auf einer blauen Scheibe, die mit goldenen Sternen übersät war. Anna drehte das Uhrwerk auf, und knarrend setzte sich der Engelschor in Bewegung.

Ihr Kinderleeeeeiiinnnnn … klang es quietschend und grotesk verzerrt aus dem Automaten, dann stoppten Melodie und Mechanismus jäh.

»Lass uns rausgehen. Ich ersticke in diesem Puppenheim«, sagte Anna, die eigentlich Puppen mochte.

Langsam gingen sie die Stufen hinunter, Hand in Hand.

Gontard verschloss die Eingangstür doppelt und Anna, sich dicht an ihn drängend, sagte mit einem letzten Blick auf das Türschild.

»Cordelia. Die Tochter von King Lear, die liebende und missverstandene Tochter.«

Sie begann zu zitieren: »*Arme Cordelia dann! Und doch nicht arm, denn meine Lieb wiegt schwerer als mein Wort.* Entschuldige, Friedrich, die Anglistin in mir …«

»Du brauchst dich nicht zu entschuldigen. Gibt es einen Größeren als Shakespeare? Den darfst du mir immer zitieren.«

Unterwegs im Auto waren Anna und Friedrich Gontard sehr schweigsam.

Anna legte nur ab und zu ihre Hand auf die rechte Schulter ihres Mannes. Es war schon sechs Uhr geworden, als sie in Hohenkirch ankamen.

Eine sehr aufgeregte Lilli empfing die Eltern.

»Oma hat vor einer halben Stunde angerufen. Sie war ganz aufgelöst. Da muss was Schreckliches passiert sein. In Ramstein, bei dem Flugtag. Oma hat gesagt, sie hat gegen vier ihren Purzel Gassi geführt, und als sie auf der Höhe oberhalb vom Wasserhäuschen war, hat sie am Himmel plötzlich einen Feuerball gesehen, der nach unten gesaust ist. Wie im Krieg war das, hat Oma gesagt, und dann sind alle Feuerwehren in den Dörfern Richtung Ramstein ausgerückt. Das muss am Flugplatz der Amerikaner gewesen sein.«

Gontard schaltete den Fernseher an. Ein Sonderbericht brachte die ersten Bilder und Reportagen über eine Tragödie, welche Anna, Friedrich und Lilli fassungslos machte. Beim Zusammenstoß dreier Flugzeuge, die eine besonders gefährliche Formation geflogen waren, waren viele Menschen umgekommen, viele waren verletzt worden. Grauenvolle Szenen hatten sich abgespielt, es war unerträglich. Gontard schaltete das Gerät aus. Der 28.8.88, ein rundes Datum, hatte Anna am Morgen gesagt. Es wurde ein Datum, das man nicht vergessen würde.

»Warum werden solche Flugtage überhaupt veranstaltet?«, fragte Lilli.

»Weil die Leute den Nervenkitzel suchen? Weil sie in die Technik verliebt sind? Irgend so etwas muss es sein«, meinte Anna.

Das Abendessen der Familie Gontard war an diesem Sonntag ein sehr stummes, bedrücktes. In dieser Nacht konnte Friedrich Gontard kein Auge zutun. Und das nicht nur wegen der Ramsteiner Tragödie, die seine Fantasie in Gang setzte. Zu dem Gefühl des Grauens, wenn er über die Flugzeugkatastrophe nachdachte, gesellte sich eine vage Beunruhigung, die ihn unterschwellig schon seit dem Nachmittag begleitet hatte. Nun, mitten in seiner Schlaflosigkeit, lüftete sich der Schleier des Unbewussten. Etwas hatte ihn gestört, war ihm anders vorgekommen, als er sich im oberen Stockwerk der Kühnschen Villa befand. Es war das Kästchen, im Stil der bäuerlichen Kunst bemalt, welches verschiedene Erinnerungsstücke Cordelia Kühns enthalten hatte und das gestern noch auf dem Nachttischchen gestanden hatte. Heute Mittag, als er mit Anna die Villa besuchte, war der Platz auf dem Nachttisch leer gewesen.

20. KAPITEL

Ein Tagebucheintrag

Heidelberg, den 18. Februar 1963

Ich habe mich exmatrikuliert. Nicht nur, weil ich keinen Sinn mehr im Studium sehe. Nicht nur, weil Philipp tot ist und ich in nichts einen Sinn mehr sehe.

Ich bin schwanger, ich habe es lange verheimlicht, zu lange, nun ist es zu spät für ... Und ich glaube, ich könnte das nie tun.

Ich habe mit Vati darüber gesprochen, vor einer Woche, und ich habe gedacht, er tobt und wütet, er bekommt einen von seinen cholerischen Anfällen.

Aber nichts ist geschehen. Er war zunächst geschockt, gekränkt, er hat lange nichts gesagt, aber er hat mich nicht vor die Tür gesetzt. Kein Vorwurf, nichts von Schande und Schmach, die ich über die Familie bringe.

Er hat gesagt: Das werden wir schon in Ordnung bringen, das mit dem Kind. Nur vorläufig soll es noch keiner wissen hier in Wingertshofen. Dann werden wir schon sehen. Ich kenne eine schöne, ruhige Klinik, wenn es soweit ist. Im Schwäbischen, weit von hier. Ich lasse meine Cordelia nicht im Stich. Ich werde dir helfen. Du bleibst vorerst noch in Heidelberg wohnen, dann besorge ich dir einen Platz in der Klinik, da kannst du in Ruhe auf dein Kind warten.

Vati ist so gut. Ich habe geweint. Keiner weiß von der Schwangerschaft. Nicht einmal Emmi.

21. KAPITEL

Zwei Befragungen

Alle sprachen nur vom Ramsteiner Unglück. Das Präsidium schwirrte und summte. Zwei Mitarbeiter waren sogar Augenzeugen gewesen und nur durch einen Zufall dem Tod knapp entronnen. Es war Schreckliches, was Roland Schönlaub und Manfred Pfannhuber zu berichten wussten. Beide Kollegen, ausgesprochene Technikfreaks, die sich für Flugzeuge begeisterten, waren nun im Nachhinein froh, dass ihre Ehefrauen und Kinder keine Lust gehabt hatten, zur Flugschau mitzufahren, welche die Männer als Familienausflug geplant hatten. In Ramstein musste das absolute Chaos regiert haben, denn offenbar hatten die Veranstalter des Flugtags blauäugig nicht im Geringsten damit gerechnet, dass da etwas schief gehen könnte.

Friedrich Gontard zog sich in sein Büro zurück und überprüfte die Liste mit Aufträgen, die er an die verschiedenen Leute delegieren würde.

Zunächst war, nachdem die Staatsanwaltschaft grünes Licht für die Exhumierung und Obduktion von Philipp Braconnier gegeben hatte, ein Trupp nach Wingertshofen zu schicken, und zwar mit der Bitte, möglichst diskret vorzugehen. Dass dies fast der Quadratur des Kreises gleichkam, war Gontard, der schon die eine oder andere Kostprobe der dörflichen Neugier mitbekommen hatte, bewusst. Dennoch, es kam auf einen Versuch an. Herrn Braconnier rief der Kripochef selbst an, und er war nicht wenig erstaunt, wie erleichtert, ja fast freudig der Vater des vor so vielen Jahren Verunglückten die Nachricht aufnahm.

»Endlich scheint mich jemand ernst zu nehmen, und das nach so langer Zeit«, sagte Herr Braconnier. »Danke, Herr Gontard.«

Ein Team wurde zu Dieter Mehnert nach Schifferstadt in die Lillengasse abgeordnet, um Beifahrer-, Rücksitz und Kofferraum nach eventuellen Spuren des Toten zu untersuchen. Dieter Mehnert, der besitzergreifende und eifersüchtige Freund Thomas Postels, der kein Alibi hatte, war mehr als verdächtig.

Außerdem sollte noch einmal das Umfeld des Toten, so klein es war, befragt werden. Gab es, wie Dieter Mehnert und auch Elfriede Postel angedeutet hatten, vielleicht doch eine Frau im Leben des gutaussehenden Thomas Postel?

Die Wohnung des Toten wurde noch einmal gründlich durchkämmt, aber wie schon beim ersten Mal gab es keine Hinweise.

Carmen Buchenauer, die auch heute seltsam still und bedrückt wirkte, wurde angewiesen, dem Geburtsregister des Toten im Weinberg nachzugehen. Als Geburtsort von Thomas Postel wurde nicht Ludwigshafen, sondern Bad Urach angegeben.

Der Kripochef wagte nicht, Carmen Buchenauer auf ihr Wochenende anzusprechen. Ihre Bedrückung schien ihm nicht mit dem Schock über das Ramsteiner Unglück zusammenzuhängen. Er tippte eher auf eine Katastrophe im Privaten. Vielleicht war es hilfreich, dass sie an diesem Montag mit Aufträgen überhäuft wurde. Der Ablenkungseffekt war unübersehbar, denn ihre Miene lockerte sich zusehends. Sie war in ihrem Element, all die vielen Anrufe zu erledigen, die Gontard ihr aufgetragen hatte.

»Ach ja, Carmen, bevor ich es vergesse: Könnten Sie eine Unfallakte bei der Landauer Polizei anfordern? Ein tödlicher Motorradunfall zwischen Leinsweiler und Eschbach am 24. Oktober 1962. Der junge Mann hieß Philipp Braconnier. Danke. Ich fahre an die Weinstraße zu einer Zeugenbefragung.«

Der Rasen vor dem Anwesen der Familie Casanus war gerade frisch gemäht worden. Der Duft von frischem Gras vermischte sich mit dem schweren Parfüm der Bougainvilleabüsche und der Pfirsich- und Mirabellenbäume, die im gegenüberliegenden Garten standen.

Die Haushälterin, in frisch gestärkter Schürze, ließ den Kripochef eintreten, der die Hausherrin zu sprechen wünschte.

»Die gnädige Frau ist im Salon«, gab sie zur Auskunft.

Gontard hatte sich nicht verhört. »Gnädige Frau« und »Salon«, und dies im Jahr 1988. Aber war ihm nicht selbst die »gnädige Frau« schon rausgerutscht? Damen wie diese Arztfrau schienen diese Anrede durch ihr überlegenes Gehabe geradezu herauszukitzeln.

Ein kleiner Triumph war es für den Kripochef, dass er zwei Fliegen mit einer Klappe würde schlagen können, denn in Gesellschaft der gnädigen Frau im Salon war auch Dr. Staudte anzutreffen. Ohne Umschweife kam Gontard zum Wesentlichen und bat die Herrschaften, ihm doch bitte zu sagen, wo sie am Sonntag, dem einundzwanzigsten August, zwischen sechzehn Uhr und Mitternacht gewesen waren.

»Wir waren hier zusammen.«

Fast wie aus einem Munde kam die Antwort der beiden.

»Gibt es Zeugen?«

»Ja, natürlich, Hermine war die ganze Zeit über im Haus«, sagte Frau Casanus. »Wir hatten ... wir hatten viel Arbeit mit meinem Mann. Es ging ihm nicht gut, er war unruhig, aggressiv. Dr. Staudte blieb hier, bis sich gegen Mitternacht die Lage beruhigt hatte. Wenn ich Dr. Staudte nicht hätte ...«

Dr. Staudte lehnte in seiner stattlichen Größe an der Verandatür und drehte, wie es Gontard erschien, leicht genervt an einem Siegelring, der am kleinen Finger seiner linken Hand steckte.

»Würden Sie bitte Ihre Haushälterin hereinrufen?«

Marlene Casanus, heute von Kopf bis Fuß ganz in Pink gekleidet, vom Escadakostümchen mit Schulterpolstern bis zu den hochhackigen Riemchenschuhen, trippelte hinaus und kam mit Hermine Staas zurück, die sich über die knisternde gestärkte Schürze strich und das graue dauergewellte Haar zurechtzupfte.

Gontard stellte seine Frage, und die Haushälterin antwortete: »Natürlich, das kann ich bezeugen. Das war ein schlimmer und anstrengender Sonntag. Wir hatten alle drei alle Hände voll zu tun, den gnädigen Herrn zu beruhigen. Bis in die Nacht hinein.«

Recht glatt kam dem Kripochef diese Aussage vor, doch er zeigte sich zufrieden, dankte Dr. Staudte, der gnädigen Frau und der Haushälterin, die erhobenen Hauptes in die Küche zurückging, nachdem sie den Besucher zur Tür geleitet hatte.

Wie *Columbo* komme ich mir heute vor. Der kommt doch auch immer noch mal zurück, dachte Gontard, ging zurück und klingelte.

Diesmal öffnete die gnädige Frau persönlich.

»Ein wenig vergesslich, der Herr Kripochef?«

»Ja«, gab Gontard zu, ein wenig verlegen und sich an die Stirn fassend, wie dies auch sein Hollywoodkollege Peter Falk in solchen Situationen tat. »War Ihr Fräulein Tochter an jenem Nachmittag und Abend ebenfalls im Haus?«

»Sabine? Nein. Sie war bei einer Freundin. Das ganze Wochenende über. Von Freitagabend bis Montagmorgen. Sie ist volljährig, meine Tochter«, fügte sie schnell hinzu, bevor Gontard ansetzen konnte, noch etwas zu fragen.

»Na, dann ist ja alles in Ordnung. Danke, gnädige Frau. Und entschuldigen Sie bitte die nochmalige Störung.«

Er grüßte, wie das auch *Columbo* getan hätte, mit der offenen Hand. Es machte ihm richtig Spaß, ganz bewusst diesen sympathischen Inspektor nachzuahmen. Aber als er in sein Auto einstieg, das übrigens nicht knatterte und auch nicht auseinanderzubrechen drohte wie Columbos antiker Peugeot, war er wieder er selbst. Für einen Besuch bei Emmi Gruber würde es noch reichen. Er würde ihr nur ein paar Fragen stellen.

Sie reagierte nicht auf das Klingelzeichen, und Gontard ging um das Häuschen herum und klopfte an der hinteren Tür. Als sie endlich matt und erschöpft angeschlurft kam, erschrak der Kripochef. Die Frau, die sonst aussah wie das blühende Leben, wirkte fahl und krank.

»Ich weiß selbst nicht, was mit mir los ist. Ich muss etwas Verdorbenes gegessen haben. Vielleicht war es der Fisch vom Freitag, obwohl ich mir das nicht denken kann. Das ganze Wochenende über war mir nicht so gut. Aber es geht schon wieder bergauf. Gestern war ich schlimmer dran.«

Sie setzte sich auf den Stuhl im Flur.

»Ich will auch gleich wieder gehen«, sagte Friedrich Gontard entschuldigend. »Nur eine Frage, Frau Gruber. Da war ein Kästchen in der Villa. Ein bemaltes, im oberen Stock, auf dem Nachttisch. Als ich am Samstag zum Schätzen der Gegenstände im Haus war, habe ich es bemerkt, am Sonntag war es nicht mehr da, als ich noch mal was gucken musste.«

Emmi Gruber wurde, wenn dies möglich war, noch eine Spur fahler im Gesicht.

»Das Kästchen ist nicht mehr da?«

Sie beherrschte sich und fragte weiter: »Ist etwas Wichtiges in dem Kästchen?«

»Ich weiß nicht, ich habe gar nicht reingeguckt, das heißt, ich habe nur das obere Blatt mit einem Muttertagsbildchen, ganz rührend übrigens, angeschaut. Kinderkram von Della, denke ich. Wer weiß, vielleicht habe ich selbst das Kästchen in Gedanken umgestellt. Man wird ja nicht jünger und ertappt sich manchmal bei komischen Sachen. Gedankenlosigkeit.«

Etwas Farbe war in Emmi Grubers Gesicht zurückgekehrt.

»Ja«, bestätigte sie, »man wird alt und läppisch und leider vergesslich. Ich kenne das.«

»Sie gehen aber zum Arzt, wenn es nicht besser wird mit Ihrer Übelkeit, Frau Gruber. Versprochen?«

Emmi Gruber versprach es. Es gehe ihr ja schon viel besser.

Gontard stieg in seinen VW-Bus ein, und als er um die Kurve fuhr, sah er Emmi Gruber, die in das Gärtchen hinaustrat und sich dort zu schaffen machte. Offenbar ging es wieder aufwärts mit ihr.

22. KAPITEL

Benno Winterstein

Nun habe ich mir den ganzen Montag ohne Pause dienstlich zu schaffen gemacht, dachte Gontard kurz vor Ludwigshafen, dafür genehmige ich mir einen Abstecher zu den Gebrüdern Winterstein. Schließlich ist es halbamtlich, halbprivat. Die Sache mit der Kühnschen Villa ist doch beides.

Nur der ältere der beiden Brüder, Benno Winterstein, war im Antiquitätengeschäft.

»Hansi ist über Land, einen Barockschrank in Bellheim angucken.«

»Ich habe auch so einiges für Sie anzugucken, Herr Winterstein«, sagte Gontard geheimnisvoll. »Und nicht nur einen Barockschrank. Auch Geschirr. Frankenthaler Porzellan, vor allem achtzehntes Jahrhundert.«

»Prima, Herr Kripochef«, freute sich Benno Winterstein. »Klingt alles gut.«

Seit Jahren hatte Friedrich Gontard mit den Wintersteins in Sachen Antiquitäten zu tun. Ihre Beziehung war geprägt von gegenseitigem Respekt. Die einwandfreie Ware und die fairen Preise der »Trödelbrüder«, wie sich die beiden Wintersteins in ironischer Untertreibung selbst nannten, und der Sachverstand des Ludwigshafener Kripochefs in Sachen Antiquitäten verstärkten das gegenseitige Vertrauen.

»Und wo sind diese Schätze vergraben?«

Gontard skizzierte Benno Winterstein kurz die Situation, ließ aber den Mordfall außer Acht. Als er den Namen Kühn, Dr. Josef Kühn, und den Ort Wingertshofen nannte, wich Benno Winterstein zurück. Sein Erschrecken war so offenkundig, dass Gontard ihn darauf ansprach.

»Meine Großmutter hat uns Kindern öfter von einem Dr. Kühn aus Wingertshofen erzählt, der während des Kriegs zu ihr kam, um ihr Settela abzuschwatzen, meine jüngste Tante, damals noch ein Kind von elf Jahren. Unsere Familie, das müssen Sie wissen, hat damals einen festen Platz in der Nähe von Landau gehabt, im Eußerthaler Wald oben. Wir waren ganz gern gesehen von den Leuten, anders als in anderen Gegenden. Und die Besitzer der Wochenendhäuser, Jagdhütten und so weiter, alles reiche Leute aus der Stadt, waren froh, dass wir ihr Gelände bewachten. Als Gegenleistung durften wir das Gelände nutzen, um unser Lager aufzuschlagen. Meine Familie ist nur vorübergehend interniert worden. Die Nazis haben unser Volk grausam verfolgt und wir haben bis heute keine Genugtuung erfahren. Wir sind so etwas wie Opfer zweiter Wahl, das ist ungerecht.«

»Ja, ich weiß. Viele Tausende und Abertausende Roma und Sinti sind in den Gaskammern umgekommen. Ich habe letzte Woche einen ganz erschütternden Bericht darüber gelesen. Das hat man alles totgeschwiegen. Erst seit wenigen Jahren beginnt man, das schlimme Kapitel aufzuarbeiten. Und das habe ich vorher alles nicht gewusst«, sagte Friedrich Gontard, und er fuhr fort: »Wie war das damals mit Settela?«

Meine Tante war behindert, sie hatte das, was man einen Klumpfuß nennt. Sie hinkte. Dieser Doktor Kühn ist zu meiner Großmutter gekommen und wollte Settela mitnehmen. Er wüsste eine Anstalt im Schwäbischen, wo man Settela operieren könne, damit sie gesund wird. Meine Großmutter hat sich geweigert, Settela herzugeben. ›Mir gefällt meine Tochter, wie sie ist‹, hat sie dem

Doktor geantwortet. Und sie hat ihn angeguckt und ihn gefragt: ›Ist Göbbels eigentlich auch in dieser Anstalt? Der hat doch auch einen Klumpfuß!‹ Dr. Kühn hat nichts geantwortet und sich aus dem Staub gemacht mit einem beleidigten Gesicht. Er ist nie mehr wieder gekommen, um meine Großmutter zu belästigen. Sie hat nach dem Krieg den Doktor anzeigen wollen, aber es dann doch nicht gemacht. Und vielleicht war es besser so. Und nun ist er ja tot, wie Sie sagen, der feine Herr Doktor, und seine ganzen schönen Antiquitäten hat er nicht mit ins Grab nehmen können.«

»Ja, tot ist er. Und wenn es soweit ist, dass alles rechtlich abgeschlossen ist, es gibt da noch einige Dinge zu erledigen, dann gucken wir uns die Frankenthaler Tässchen und die anderen Pretiosen im Kühnschen Haus an.«

Hansi Winterstein war vorgefahren mit einem Anhänger voller Trödel.

Die drei Männer fachsimpelten noch ein wenig.

Hansi sagte: »Da ist wieder ein Container mit DDR-Möbeln bei unserem Bellheimer Kollegen vorgefahren. Wetten, dass das Regime aus dem letzten Loch pfeift? Die halten nicht mehr lange durch.«

»Und diese Montagsdemos in Leipzig, da hört man ja einiges. Mutig, die Demonstranten«, warf Benno ein. »Eine unblutige Revolution wird das diesmal.«

Gontard, der den Optimismus der Winterstein-Brüder nicht teilte, schüttelte den Kopf. Er dachte an den Aufstand in Ostberlin am 17. Juni 1953, an die Ungarnrevolte 1956 und den Prager Frühling von 1968. Alles keine unblutigen Aufstände. Ganz im Gegenteil. Nun noch eine Bewältigung der roten Diktatur, wo wir noch nicht einmal unsere braune Vergangenheit bewältigt haben, wie mein Fall beweist, dachte er. Dies letztere behielt Gontard aber lieber für sich.

»Herr Winterstein«, sagte er zu Benno, »ein Dr. Mattern aus Hainfeld, der Material sammelt, um ein Buch über Naziverbrechen in der Pfalz, besonders über Euthanasieverbrechen, zu schreiben, wäre bestimmt an dem Fall Ihrer Tante Settela interessiert. Es ist ihr zum Glück nichts passiert, aber Dr. Mattern hat auch Dr. Kühn in Verdacht, ein williger Euthanasiearzt gewesen zu sein. Was er braucht, das sind handfeste Beweise. Darf ich ihm von Ihrer Tante erzählen?«

»Ja, freilich. Ein bisschen Gerechtigkeit, ein bisschen Klarheit, das wäre schön für uns. Auch wenn es, was diesen Dr. Kühn betrifft, für eine Strafe zu spät ist.«

Friedrich Gontard fuhr ins Präsidium zurück und dachte, dass die Verquickung von Dienst und Hobby immer enger wurde.

Die Exhumierung von Philipp Braconniers sterblichen Überresten war ohne Zwischenfälle verlaufen, in Dieter Mehnerts Auto waren keine Spuren des Toten gefunden worden, niemand wusste von einer Freundin in Thomas Postels Leben, und das Geburtsregister aus Bad Urach und der Unfallbericht aus Landau würden am nächsten Tag eintreffen. Carmen Buchenauer bat den Chef, etwas früher heimgehen zu dürfen. Sie sah sehr blass aus.

Wie es wohl Emmi Gruber geht, fragte sich Friedrich Gontard, als er nach Hohenkirch fuhr, ziemlich müde und abgespannt.

23. KAPITEL

Ein Tagebucheintrag

Wingertshofen, den 30. Juni 1963

Es ist tot. Unser Kind ist tot. Ich habe so schöne Namen rausgesucht. Julia, wenn es ein Mädchen wird. Philipp, wenn es ein Junge wird.

Es war ein Junge, haben sie mir gesagt. Ich war zu müde, zu betäubt. Es war ein Kaiserschnitt. Besser, du hast das Kind nicht gesehen, sagten der Arzt und Vati. Das Kind war entstellt, behindert.

Vati ist wundervoll. Er hat mich getröstet, mich in die Arme genommen. Keiner in Wingertshofen weiß von dem Kind.

Viele Kinder kannst du noch bekommen, gesund, wie du bist. Du wirst einen Mann bekommen, eine Familie gründen. Meine Praxis wartet. Ich weiß, wen Vati meint. Er will nur das Beste für mich, er meint es gut. Aber ich will keinen Mann, und vor allem nicht diesen.

Und Vati weiß nicht, dass Emmi alles weiß. Das mit der Schwangerschaft zumindest. Und mit unserem toten Kind. Wenn sie nicht wäre, würde ich nicht mehr leben. Sie gibt mir Halt.

24. KAPITEL

Neckarbrückenblues

»Wann feiern wir deinen Geburtstag nach, Papa?«, fragte Lilli, bevor sie mit ihrer Schultasche unterm Arm zum Auto ging, wo Anna schon wartete. Sie hatten heute beide die erste Stunde.

»Am Wochenende. Heute auf jeden Fall feiern wir nicht. Heute wird es bestimmt später.«

»Schwieriger Fall, gell?«

»Schwieriger Fall, ja wirklich. Warum fragst du wegen des Nachfeierns?«

»Och, nur so. Darf ich da vielleicht Sven mitbringen?«

»Wer ist Sven?«

»Eigentlich ... eigentlich ein Popper. Aber trotzdem nett.«

»Was ist ein Popper? Klingt wie eine neue Eissorte.«

»Die Popper, die tragen solche Markenklamotten im englischen Collegestil. Burlingtonmuster, Polohemden, Karottenjeans von Fiorucci. Sie tragen die Poppertolle, also gefönte, gestylte Haare, als Frisur. Und sie rauchen Dunhill oder Lord Extra.«

»Oh, dann bin ich ein Popper wegen meiner Dunhill-Zigaretten. Und Mama eine Popperin wegen der Karottenhosen. Also sind Popper ein wenig wie ihre Eltern?«

Lilli schwieg betreten und biss sich auf die Lippen.

»Das klingt nicht gut«, sagte Gontard.

»Was meinst du?« fragte Lilli verunsichert.

»Dass Kinder schon jetzt so sind wie ihre Eltern, das finde ich nicht gut.«

»Ist das dein Ernst, Papa?«

»Mein voller Ernst.«

»Vielleicht kann ich ihn umkrempeln, Papa.«

»Oder er dich!«

»Niemals, Papa. Niemals.

Dann fragte sie: »Darf er jetzt kommen oder nicht?«

»Wenn ich mir dann nicht auch so eine Poppertolle zulegen und mir teure Klamotten anschaffen muss!«

»Eigentlich passt er ein bisschen zu mir, denn Popper sind auch schon wieder out, wie Nina Hagen«, sagte Lilli.

»Vielleicht liegt es wirklich am Odenwald«, bemerkte Friedrich Gontard. »Bis sich da eine neue Mode rumspricht, ist sie schon wieder passé.«

Beide mussten lachen, dann umarmte Lilli ihren Vater, gab ihm einen schmatzenden Kuss und verschwand, denn Anna hupte ungeduldig dreimal kurz.

Wo ist es, mein kleines Mädchen, mit dem ich erst vor zwei Jahren im alten »Brennesselkino« in Hemsbach *Ronja Räubertochter* angeschaut habe? Ich saß im roten tiefen Sessel und hoffte, dass Lilli nicht merkt, wie mich der Film mitnimmt. Ach ja, und nun bin ich vierundsechzig Jahre alt. Bald in Pension. Ein Rentner. So gingen Gontards Gedanken, als er, wie immer, zwei Stufen auf einmal nahm und in sein Büro eintrat.

»*Happy Birthday, Mr. President*«, hauchte es ihm lasziv entgegen.

Die gesamte Belegschaft hatte sich versammelt und applaudierte, als der Chef eintrat. Wo kamen all die Leute her? War das Kommissariat nicht unterbesetzt? Waren sie plötzlich alle aus dem Urlaub zurück, auch die von Baden-Württemberg?

Carmen Buchenauer am Mikro sang ihr *Happy Birthday, Mr. President* zu Ende.

Alle klatschten, und jemand rief:
»Joy, sing doch mol de *Neckarbrickebluus.*«
»Ja, den *Neckarbrückenblues*, Joy. Bitte.«
Und die ganze Mannschaft skandierte: »*Neckarbrückenblues. Neckarbrückenblues.*«
Doch Joy alias Carmen Buchenauer sträubte sich heute.
»Nee, heit net, ihr Leit. Heit net.«
Das Klatschen wurde lauter, alle riefen, lauter und lauter:
»*Neckarbrückenblues. Neckarbrückenblues.*«
Carmen Buchenauer gab nach. Plötzlich herrschte Totenstille. Sie sang den *Neckarbrückenblues*, wie sie ihn nie zuvor gesungen hatte:
Her, her mol her, was ich dir jetzt sage will.
Des is ä kleeni Gschicht vun geschtern morge.
Do is de Briefträger zu ma kumme un hot gsacht, Klenie kumm mol her, ich hab da was zu sage.
Oh, doin Karl is schun widder iwwer die Brick,
iwwer die Brick is er widder niwwer zu der onnere ...
Sie singt ihre eigene Geschichte, dachte Gontard.
Carmen Buchenauer sang weiter, obwohl ihr das Herz brach:
... Du hoscht doin Hut tief im Gnick.
Isch wääß ganz genau,
jetzt geht er widder iwwer die Brick.
Er geht widder iwwer die Mannemer Brick,
die Mannemer Neckarbrick.
Als Carmen geendet hatte, rührte sich zunächst niemand. Alle hielten den Atem an. Dann applaudierten sie frenetisch.
Sie sagte »Danke, danke«, ging langsam und hoch erhobenen Hauptes an ihren Schreibtisch und tat, als sei nichts geschehen.
Friedrich Gontard gab seiner Freude über die Gratulation Ausdruck, versprach, am Abend nach Dienstschluss einen auszugeben, aber nun sei noch sehr viel zu tun. Die Leute gingen in verschiedene Richtungen davon.

Als alle weg waren, sagte Gontard zu Carmen Buchenauer: »Das war tapfer von Ihnen.«

»Wisse Sie, wie weh Eifersucht tut, Chef?«

»Ja, aber manchmal bildet man sich auch etwas ein.«

»Net in moim Fall, Chef, net in moim Fall.«

Und sie erzählte ihm, wie sie ihren Freund in flagranti erwischt hatte. Er war offenbar schon seit längerer Zeit der Geliebte einer verheirateten Frau aus der besseren Weinheimer Gesellschaft. Es war ein Fehler gewesen, dass er Carmen einen Zweitschlüssel gegeben hatte. Sie wollte ihn überraschen, was auch gelang.

»Er wird kommen, der Richtige. Bestimmt.«

»Danke, Chef. Warum gibt's net meener Mannsleit vun Ihrer Sort?«

»Wenn es mehr Männer von meiner Sorte gäbe, dann wäre ich nichts Besonderes mehr.«

Da musste auch Carmen Buchenauer lachen.

Der Kripochef wartete ungeduldig auf die Post von der Landauer Polizeistation. Er wartete vergebens. Die Post verspätete sich heute, und Gontard fuhr nach Wingertshofen. Er konnte nicht noch länger warten.

Die Kühnsche Villa lag heute, einem nicht sehr heißen Tag, in Düsternis und Kühle. Man brauchte nicht viel Fantasie, um sich vorzustellen, wie es sich hier im nebligen Herbst, im schneereichen Winter leben würde. Gontard fröstelte schon jetzt bei der bloßen Vorstellung. Er betrat das Haus und ging zielstrebig zur Schublade des westfälischen Barockmöbels.

Mit fiebrigen Fingern blätterte er das Album mit der Aufschrift *Unsere Kinder* durch, bis er das gewünschte Foto fand. Mit der Lupe studierte er die linke und die rechte Hand des jungen Mannes ohne Gesicht auf dem Tanzstundenfoto.

Er klemmte das Album unter seinen Arm und ging noch einmal

nach oben. Das gemalte Kästchen war nicht aufgetaucht. Was hatte er anderes erwartet?

Er verließ die Villa und fuhr zu Emmi Gruber. Sie war weniger blass als am Vortag, weniger zittrig, doch zu ihrer gewohnten Vitalität hatte sie immer noch nicht zurückgefunden.

»Wer ist der junge Mann hier auf dem Bild?« Solch direkte Fragen stellte Gontard nicht immer.

»Woher soll ich das wissen? Außerdem ist die Frage schon etwas komisch. Der Mensch auf dem Foto hat kein Gesicht. Rausgekratzt, oder?«

»Ich denke, Sie waren so etwas wie die Vertraute von Cordelia Kühn?«

»Auch Vertraute können nicht alles wissen. Es gab Geheimnisse. Della hat mir nicht immer alles gesagt. Vor allem nicht immer alles sofort. Und sie hatte einige Verehrer. Habe ich das nicht schon erwähnt?«

»Frau Gruber, darf ich mal wissen, wovor Sie Angst haben und vor wem?«

»Ich habe vor nichts und vor niemand Angst. Wenn Sie erlebt haben, was ich erlebt habe, damals auf der Flucht, die ständige Angst im Nacken, dann sind Sie für alle Zeit die Angst los.«

»Ich kann das von mir aber nicht behaupten. Die Todesangst, die ich im Krieg als ganz junger Soldat erlebt habe, diese Angst hat mich nicht von der Angst im Zivilleben kuriert. Im Gegenteil.«

»So reagiert jeder anders. Ich fürchte mich vor nichts. Und vor niemand.«

Mehr als je zuvor erinnerte Emmi Gruber den Kripochef an eine jener unerschrockenen Ammen aus der Literatur, die alles ihnen Anvertraute mit Klauen und Zähnen verteidigen würden, wenn es denn nötig wäre. Doch ihre zittrigen Hände zeugten nicht gerade von absoluter Furchtlosigkeit und straften ihre mutigen Worte Lügen.

»Es geht Ihnen wieder besser, wie ich sehe, Frau Gruber. Falls Sie doch meine Hilfe brauchen sollten oder falls Ihnen etwas einfällt, das wichtig sein könnte für meinen Fall, hier ist meine Telefonnummer. Privat und dienstlich. Leben Sie wohl und passen Sie auf sich auf.«

Gontard hatte das merkwürdige Gefühl, dass Emmi Gruber ihm hinter den Gardinen nachstarrte, bis er das Gartentürchen hinter sich geschlossen hatte.

In Ludwigshafen angekommen, bat er Carmen Buchenauer, bei der Tanzschule Wienholt in Landau – falls es sie überhaupt noch gäbe – die Liste mit allen Teilnehmern aus dem Jahr 1957 anzufordern. Danach gab der Chef einen aus, wie am Morgen versprochen. Carmen Buchenauer hatte sich vorher diskret verabschiedet.

Arme Carmen, dachte Gontard wieder. Auf dem Nachhauseweg ging ihm der *Neckarbrückenblues* von heute Morgen nicht mehr aus dem Kopf.

Oh, ich weeß, der kummt a widder zurück.

Der kummt schun widder, wann er Hunger hot …

Dieser käme besser nicht wieder zurück. Die Carmen, die hätte doch mal einen besseren Mann verdient.

25. KAPITEL

Gontard erinnert sich

Carmen Buchenauer hielt dem Chef, der diesmal nicht im Weinheimer Stau stehen musste und fünfzehn Minuten früher als sonst erschien, den Telefonhörer hin und flüsterte, eine ältere Frau wünsche ihn dringend zu sprechen.

Emmi Gruber braucht Hilfe oder will etwas aussagen, dachte er, aber er hatte sich getäuscht.

»Ich habe vergessen, Ihnen was Wichtiges zu sagen.« Es war Elfriede Postel, die Großmutter des Mordopfers. »Es wäre gut, wenn Sie noch mal zu mir rüberkommen könnten.«

Gontard begab sich unverzüglich zu der Zeugin. Die Obduktionsberichte der exhumierten Leiche würden nicht vor Donnerstag vorliegen, das hatte der neue Gerichtsmediziner Dr. Jungbluth schon gleich von vornherein klargemacht.

Frau Postel servierte den Kripochef einen schönen Kaffee. Im Vogelkäfig zwitscherten nun zwei Kanarienvögel und veranstalteten einen Höllenlärm, als der Besucher eintrat. Helmut hatte Gesellschaft bekommen.

»Still, Helmut und Hannelore«, befahl Frau Postel.

Also doch der Kanzler, grinste Gontard in sich hinein.

»Sie wollten mir noch etwas Wichtiges mitteilen, Frau Postel.«

»Ja, wie dumm von mir, dass ich daran nicht gleich gedacht habe. Aber man wird alt und älter, das Gedächtnis ist bald wie ein Sieb.«

Mit einer ungeduldigen Geste stellte sie ihre Tasse ab.

»Es ist Folgendes: Thomas hat mich in der letzten Zeit, das ist noch nicht so lange her, zwei Monate vielleicht, gelöchert mit Fragen über seine Vorgeschichte. Über seine Familie, seine richtige Familie. Aber ich musste ihn sehr enttäuschen. Ich habe ja selbst nichts gewusst. Mein Sohn und meine Schwiegertochter haben Thomas voll und ganz als ihr leibliches Kind angesehen, was nicht schwer war. Ein eigenes Kind hätte ihnen nicht mehr Freude machen können. Der liebe Junge.«

Traurig senkte Frau Postel den Kopf. »Thomas wusste natürlich, wann und wo er geboren war, aber offensichtlich haben Werner und Irene die Adoptionspapiere verschwinden lassen. Sie sind beide tödlich verunglückt, das war bei einer Fahrt in den Urlaub nahe Bad Tölz. Nach ihrem Tod habe ich die Papiere durchgesehen, da war nichts zu finden, was auf eine Adoption schließen ließ. Vielleicht wollten sie verhindern, dass Thomas von seinen wahren Eltern erfährt, es war schon seltsam. Ich erinnere mich ganz genau, dass damals mein Sohn Werner zu mir gesagt hat, er und seine Frau würden das Baby in Bad Urach abholen, in einer noblen Privatklinik am See. Ich habe das auch Thomas gesagt, und danach war er ganz aufgeregt, und etwa eine Woche nach unserem Gespräch ist er für eine Woche weggefahren. Ich dachte, seine Aufregung habe mit einer heimlichen Liebschaft zu tun. Auch sein Interesse an seiner Herkunft habe ich darauf zurückgeführt, dass er sich verliebt hatte, eine Familie gründen wollte. Da ist man doch interessiert daran, woher man kommt, oder?«

»Ja, das ist sehr logisch, Frau Postel. Doch was denken Sie nun?«

»Das mit der Frau, das glaube ich immer noch, aber ich denke, er ist an jenem Wochenende vor ein paar Wochen nach Bad Urach gefahren, um diese Privatklinik zu finden.«

»Hat er sie gefunden?«

»Das weiß ich nicht. Haben Sie schon eine Spur, was den Mörder meines Enkels betrifft?«

»Ich verfolge mehrere Spuren, Frau Postel. Ich hoffe, wir wissen bald, wer Ihren Enkel auf dem Gewissen hat.«

Nichts als Belanglosigkeiten. Mehr konnte er der Großmutter nicht bieten.

Helmut und Hannelore hüpften aufgeregt auf ihrer Käfigstange hin und her, legten die kleinen Köpfe schief, als lauschten sie dem Gespräch zwischen ihrer Besitzerin und dem Kripochef.

»Ja, sehen Sie nur, wenn ich die beiden nicht hätte und meine Erinnerungen«, seufzte Frau Postel und deutete auf die Kommode hinter Gontard, auf der einige Fotos standen. »Da, mein Mann. Er hat bei der BASF gearbeitet. Er ist bei einem Werksunfall ums Leben gekommen. Da, Werner und Irene, mit dem Auto verunglückt. Und nun noch Thomas. So viel Unglück in einer Familie.«

Von Thomas gab es drei Fotos: Eines zeigte ihn als etwa vierjähriges Kindergartenkind, eines als Kommunionskind im Schulalter, eines als jungen Mann, so wie ihn Friedrich Gontard ein einziges Mal, kurz vor seinem Tod, gesehen hatte. Es war das Foto des Kleinkindes, das auf Gontard am faszinierendsten wirkte. Zunächst wusste er nicht, weshalb, doch dann hob sich der Vorhang seiner Erinnerung, und er wusste, dass er dieses Kindergesicht, in vielfacher Variation, schon einmal gesehen hatte. Die Kinderbildnisse der Hobbymalerin Cordelia Kühn, die in obsessiver Kreativität ihr eigenes Kinderkonterfei immer und immer wieder in Abwandlungen auf die Leinwand und auf Malpapier gebannt hatte, trugen auch die Züge dieses Jungen im ovalen Rahmen.

Die Augen waren es vor allem, die leicht geschrägten Katzenaugen im hübschen, regelmäßigen Gesicht, welche die Kinderbildnisse im oberen Stockwerk der Kühnschen Villa und dieses Foto auf Elfriede Postels Kommode verband. Nur wirkte das Gesicht des Jungen auf der Kindergartenrutsche exotischer, gebräunter, südländischer als das der gemalten und gezeichneten Kinder und des Mädchens Della im Fotoalbum. Gontard hatte sich nicht getäuscht, als ihm der junge Mann, der so überstürzt die Villa verließ, bekannt vorgekommen war.

Nicht die fast langweilige Ähnlichkeit aller klassisch schönen Menschen war es gewesen, die in Gontard den Eindruck erweckt hatte, er habe diesen jungen Mann schon einmal gesehen, in einem Film oder einem Modeprospekt.

Im Büro gab er Carmen Buchenauer die Anweisung, bei den Kollegen in Bad Urach nachzufragen, ob es in der ersten Hälfte der Sechzigerjahre in ihrer Stadt eine »noble Privatklinik«, eventuell eine Frauenklinik, am See gelegen, gegeben habe und wer der Leiter dieser Klinik gewesen sei.

»Ach, Carmen, noch was, haben Sie in Landau angerufen? Gibt es die Tanzschule Wienholt noch?«

Ja, es gab sie noch, diese Tanzschule, und die Liste der Tanzstundenabsolventen des Jahres 1957 werde geschickt. Das sei alles archiviert.

»Nun gehe ich mal für einen Moment in die Kantine. Ich möchte doch endlich was essen, heute morgen ging es hoppladihopp, keine Zeit zum Frühstücken.«

Er schlug sich an die Stirn und sagte: »Carmen. Ihr Chef ist nun bald Alzheimer-verdächtig. Also: Fragen Sie bitte bei den Kollegen in Bad Urach noch nach, ob sich in der letzten Zeit ein Thomas Postel aus Ludwigshafen nach dieser noblen Privatklinik erkundigt hat. Danke. Übrigens, geht es ein bisschen besser nach dem ...« Der Chef rang nach Worten.

» ... dem Fiasko? Des Lewe geht weiter, un zum Glück gibt's die Arbeit. Die lenkt ab.«

»Ablenkung haben wir zur Zeit genug, und wenn Arbeit glücklich macht, dann sind wir momentan überglücklich.«

26. KAPITEL

Der Unfall

Gestärkt von der Kantine zurückgekehrt, war Gontard nicht wenig erstaunt, als ihm Carmen Buchenauer einen Umschlag reichte.

Der Unfallbericht aus Landau vom 24. Oktober 1962 war eingetroffen.

Um 20.55 Uhr war Polizeiwachtmeister Peter Eichenlaub damals zum Unfallort gerufen worden. Ein Motorradfahrer war aus ungeklärten Gründen von der Straße abgekommen und lag verletzt auf einer Wiese zwischen Eschbach und Leinsweiler. Er schien, da er nicht mit großer Geschwindigkeit gefahren sein konnte, nicht schwer verletzt. Außer Knochenbrüchen und Hautabschürfungen waren zunächst keine lebensbedrohlichen Verletzungen festzustellen. Der herbeigerufene Ambulanzwagen, gesteuert von einem Sanitäter, kam zehn Minuten nach Unfallaufnahme zum Unfallort. Der diensthabende Notarzt begleitete den Verletzten, der ohne Bewusstsein war, im Ambulanzwagen in die Klinik. Bei Ankunft in der Notaufnahme des St. Vinzentiuskrankenhauses war das Unfallopfer bereits verstorben. Der begleitende Notarzt erklärte den Exitus des Unfallopfers mit schweren inneren Verletzungen. Gontard las den Bericht mehrmals.

»Carmen, ich fahre nach Landau ins Polizeirevier. Es ist dringend. Ich bin in etwa drei bis vier Stunden zurück.«

»Chef, Chef, sie hupsen rum wie en Junger, dass Sie sisch nur net iwwernemme.«

»Ich übernehme mich schon nicht. Arbeit lenkt ab. Und kennen Sie den Spruch, je oller, desto doller? Trifft auch auf mich zu.«

Carmen wollte noch etwas antworten, aber der dolle und olle Chef war schon um die Ecke verschwunden.

27. KAPITEL

Ein Kollege

Zum Glück war Polizeiwachtmeister Peter Eichenlaub noch nicht in Rente, aber lange würde es nicht mehr dauern.

Ja, er erinnerte sich noch sehr genau an jenes Motorradunglück, weil alle so überrascht gewesen waren, dass der junge Mann nicht überlebt hatte. Freilich, er war ohnmächtig gewesen, er hatte Knochenbrüche, Abschürfungen, er blutete stark, aber es schien, als habe er Glück im Unglück gehabt. Sein Gesicht war unverletzt gewesen, auch sein Brustkorb, da war nichts eingedrückt. Geradezu friedlich habe er ausgesehen, als er so im Gras gelegen war. Da hatte er, Peter Eichenlaub, andere Motorradunfälle gesehen. Wie man sich täuschen konnte, so ein relativ harmloser Sturz, auf eine Wiese noch dazu, und dann der plötzliche Tod. Und das, obwohl doch die Ambulanz so schnell gekommen war. Der Sanitäter, der den Wagen gefahren habe, sei auch erstaunt gewesen, mit einem Exitus hatte er nicht gerechnet. Sie beide, der Sanitäter und er selbst, hatten nachher noch einmal darüber geredet. Wo der Notarzt doch ein kompetenter junger Mann gewesen war, direkt von der Uni.

Wie der Notarzt denn geheißen habe, wollte der Kripochef wissen.

»Moment, ich muss da mal überlegen. Klang eher norddeutsch, das war kein Hiesiger. Sehr groß war er, gebräunte Gesichtshaut. Im Umgang ziemlich barsch. Hat mich zuerst zusammengestaucht. Jetzt hab ich's: Staudte. Dr. Staudte.«

Friedrich Gontards Verwunderung hielt sich in Grenzen.

»Danke, Herr Kollege«, verabschiedete sich der Kripochef. »Sie haben mir wirklich sehr geholfen.«

Polizeiwachtmeister Peter Eichenlaub strahlte.

Als Gontard nach dreieinhalb Stunden von Landau zurückkam, hielt ihm Carmen Buchenauer wieder das Telefon entgegen. Wieder eine ältere Frau, sagte sie. Noch einmal Elfriede Postel?

Diesmal war es wirklich Emmi Gruber, sie klang besorgt und bat den Herrn Kripochef, doch gleich nach Wingertshofen zu kommen.

»Ich fahre an die Weinstraße, Carmen, aber nicht zur Weinprobe und nicht zum Fleeschknepp-Essen. Es ist ernst. Bis morgen früh.«

»Chef, Chef, Sie iwwernemme sisch. In Ihrem Alter!«

»Danke, Carmen, sehr charmant!«

»Isch meen's doch bloß gut mit Ihne, Chef.«

»Das sind die Schlimmsten, die es gut mit uns meinen.«

Carmen Buchenauer konnte nur stumm den Kopf schütteln.

Die Tür schlug hinter dem Chef zu.

28. KAPITEL

Das Kästchen

Ich bin ein Wanderer zwischen zwei Welten, in der Tat, dachte Friedrich Gontard, als er die Stadt hinter sich ließ und Richtung Haardtgebirge fuhr.

Ein Wanderer zwischen Odenwald und Haardt, zwischen Bergstraße und Weinstraße.

Die Hitze war heute wieder fast unerträglich. Gontard sehnte sich ans Meer. Das Gras links und rechts der Straße war ausgedörrt und fahl. Einen guten Wein würde es allerdings geben dieses Jahr, wenn den euphorischen Prognosen der Winzer und Weinkenner zu glauben war. Gontard stellte das Radio an. Sehr passend besang wieder mal eine Pfälzer Frohnatur den guten Pfälzer Tropfen. Das musste er sich nicht antun. Gut, dass es einen Ausknopf gab.

Emmi Gruber stand schon an der Gartentür und erwartete ihn.

Sie schien nervös und besorgt, aber erleichtert, als sie den Kripochef erblickte.

»Nun bin ich sehr gespannt, was Sie mir zu sagen haben, Frau Gruber.«

»Eigentlich habe ich Ihnen nicht viel zu sagen, außer, dass ich glaube, ich werde beobachtet. Sie meinen nun, dass ich einen Verfolgungswahn habe, oder?«

»Keineswegs glaube ich das. Aber wer sollte Sie beobachten und warum?«

»Wer? Keine Ahnung. Aber warum, das weiß ich schon. Ich habe Ihnen nicht viel zu sagen, aber dafür etwas zu geben. Kommen Sie mit.«

Im Wohnzimmer ging Emmi Gruber zu einem Schrank, der verschlossen war.

Sie öffnete ihn mit einem großen Schlüssel, und Gontard erblickte das bemalte Kästchen aus der Kühnschen Villa.

»Ach, Sie haben es.«

»Sie wussten ...?«

»Nichts weiß ich in diesem verzwickten Mordfall. Ich vermutete nur ...«

»Dies hier darf ich Ihnen nicht länger vorenthalten, Herr Gontard«, sagte Emmi Gruber. »Bei mir hier ist es zu gefährlich. Es ist Sprengstoff.«

Sie öffnete den Deckel. Friedrich Gontard spielte den Erstaunten: »Ein paar Gedichte eines Kindes an seine Mutti zum Muttertag? Sprengstoff?«

»Das habe ich zuerst auch gedacht: ein paar Gedichte von Della. Aber dann ... ich hatte ja keine Ahnung ... Della hat mir wirklich nicht alles gesagt. Von wegen Vertraute. Der Sprengstoff kommt weiter unten, auf dem Boden der Kiste.«

Sie legte die oberen Blätter auf den Tisch, und Gontard erblickte einige Briefe, mit einer altrosa Schleife verschnürt. Ein Zettel lag zuoberst: *Briefe von Vati an Mutti*. Emmi Gruber legte das Bündel Briefe beiseite und zeigte Gontard wortlos ein Buch, auf dessen Deckel, im Stil der Fünfzigerjahre gestaltet – Mädchen mit Pferdeschwanzfrisur und mit Schreibfeder vor einem aufgeschlagenen Buch –, zu lesen war: *Dellas Tagebuch*.

»Da werden Sie heute Abend was zu lesen haben. Passen Sie gut auf alles auf.«

»Und passen Sie gut auf sich selbst auf, Frau Gruber. Sie haben die Telefonnummern. Scheuen Sie sich nicht, anzurufen. Bei jeder Tages- und Nachtzeit.«

So waren meine Vermutungen richtig, dachte Friedrich Gontard. Ja, ich werde da eventuell heute Abend eine spannende Lektüre haben.

Gerne hätte er Emmi Gruber noch einige Fragen gestellt, aber er brauchte Gewissheit.

Vielleicht wäre morgen der Fall gelöst. Die Puzzleteile lagen noch ungeordnet auf dem Tisch, doch es würde sich eins zum anderen fügen.

29. KAPITEL

Nächtliche Lektüre

Anna schmollte ein wenig, mehr oder weniger zum Schein, als sich Gontard gleich nach dem Abendessen in sein Zimmer zurückzog. Willi trottete hinter ihm her, denn der Abend gehörte dem Hausherrn. Er liebte es, zu Gontards Füßen zu liegen, ab und zu seine Hand in seinem Fell zu spüren und eine Kleinigkeit zum Knabbern zu bekommen. Auf Willis Gewicht hatte die Knabberei keinen positiven Einfluss, er war in letzter Zeit ziemlich dick geworden, aber Gontard, der um die Endlichkeit dieses Hundelebens wusste, gönnte seinem treuen Wegbegleiter noch etwas Gutes, bevor dieser in die ewigen Jagdgründe für Hunde entweichen würde.

Die Briefe von »Vati« an die »Herzallerliebste« beziehungsweise an »Mutti« waren unschätzbare Beweise für Dr. Matterns Archiv. Abgründe der menschlichen Seele taten sich auf. Und Puzzleteile, die Gontard fehlten, um ein sinnvolles Ganzes zu gestalten, fügten sich zusammen, brachten Helligkeit ins Dunkel dieses komplizierten Falls.

Um drei Uhr nachts begab sich Gontard erschöpft zu Bett.

»Bald«, sagte er zu Anna, die aufgewacht war, obwohl er so leise wie möglich ins Zimmer geschlichen kam. »Bald habe ich mehr Zeit für dich. Für uns. Noch ein wenig Geduld.«

Er drückte ihr einen kleinen Kuss auf die Stirn und strich ihr übers Haar.

»Mehr Zeit? Wirklich?« Annas Antwort klang wenig überzeugt. Sie drehte sich auf die andere Seite und schlief weiter.

Friedrich Gontard aber konnte einfach keinen Schlaf finden in dieser Nacht.

Als die Hähne vom nachbarlichen Bauernhof zu krähen begannen, war er am Einschlafen, aber der Wecker klingelte erbarmungslos.

30. KAPITEL

Die Tanzstunde

Auf die Tanzschule Wienholt in Landau war Verlass. Die Liste der Tanzstundenabsolventen des Jahres 1957 traf mit der Morgenpost ein.

Ein Lächeln der Genugtuung huschte über Friedrich Gontards Gesicht, als er den Namen las, mit dem er gerechnet hatte. Einem kleinen Triumph über das mit Riesenschritten herannahende Alter kam es gleich, dass er sich auf sein Kurzzeitgedächtnis und seine Beobachtungsgabe absolut verlassen konnte.

Er las: *Staudte, Edwin*. Und weiter oben: *Kühn, Cordelia*.

Mr. Beautiful, dachte Gontard, seine Lektüre vom gestrigen Abend überdenkend.

Wie gerufen, erschien Dr. Jungbluth und übergab dem Kripochef das Ergebnis der Obduktion.

»An den Verletzungen ist der Mann nicht gestorben. Aber er war vollgepumpt mit Morphium-Scopolamin. Das hat er eingespritzt bekommen. Die Menge hätte gereicht, um drei Leute ins Jenseits zu befördern.«

»Gratulation. Meisterleistung. Sechsundzwanzig Jahre sind kein Pappenstiel. Ein Wunder der modernen Gerichtsmedizin. Nach all den Jahren können Sie das noch feststellen?«

»Da war noch genug übrig, Gewebe, Knochen.«

»Gute Leistung.«

Für Dr. Jungbluth schien die Bekräftigung seiner Professionalität und Kompetenz nichts Neues zu sein. »Gern geschehen«, bemerkte er lässig. »Es ist mir ein Vergnügen, zu Diensten gewesen zu sein.«

»Sehr zu Diensten waren Sie. Einer der Fälle ist nun quasi gelöst. Danke, Herr Dr. Jungbluth.«

»In beiden Fällen Gift. Wir haben da einen Giftmischer, oder einen Giftspritzer, Herr Gontard?«

»Wenn es nur so leicht wäre, Herr Dr. Jungbluth. Wenn es nur so leicht wäre!«

Dr. Jungbluth wollte nachhaken, was der Kripochef wohl meine mit diesen mysteriösen Worten, aber der wehrte ab.

»Immer noch zu früh«, sagte er. »Ich werde Sie auf dem Laufenden halten.«

Die Chemie zwischen dem Gerichtsmediziner und dem Kripochef stimmte nicht, aber sie würden ja nicht mehr lange zusammenarbeiten. In mancher Hinsicht freute sich Friedrich Gontard auf seine Pensionierung.

»Nun muss ich wieder zu meinen Leuten zurück«, sagte Dr. Jungbluth. »Die warten in den Katakomben auf mich.« Er lachte über seinen gelungenen Scherz.

Gontard wollte lieber nicht wissen, wen er mit »seinen Leuten« meinte. Ob alle Gerichtsmediziner automatisch zu Zynikern wurden?

Dr. Jungbluth entschwand.

»Der könnt mer aach gfalle«, bemerkte Carmen Buchenauer, indem sie ihm versonnen nachblickte.

»Dann höre ich auf, Daumen zu drücken.«

Der Ton, in dem der Chef dies aussprach, ließ keinen Zweifel daran aufkommen, dass es ihm völlig ernst war.

»Und nun fahre ich an die Weinstraße.«

»Widder mol!«

»Ja, wieder mal!«

»Halt, Chef, beinah vergesse!«

Hiermit reichte Carmen Buchenauer dem Chef einen Brief.

»Der Bericht aus Bad Urach.«

Gontard las den Bericht durch, wieder erhellte ein Ausdruck von Triumph seine Miene.

»Ich hätte dieses Beweisstück nicht gebraucht«, sagte er zu Carmen Buchenauer. »Ich hab's auch so gewusst.«

Carmen meinte, so eingebildet kenne sie ihren Chef gar nicht, doch der lächelte nur.

31. KAPITEL

Ein Spiel

Bevor der Kripochef an die Weinstraße fuhr, ließ er Justus Perlinger aufstöbern. Das war leicht, denn treu und brav meldete sich der obdachlose Mann regelmäßig im Kommissariat.

»Sie können mir heute einen großen Gefallen tun, Herr Perlinger. Haben Sie ein gutes Gehör?«

»Worauf Sie sich verlassen können. Einer wie ich muss Ohren haben wie ein Luchs. Auf der Straße zu leben, das ist wie im Dschungel. Da gilt das Gesetz: Fressen oder gefressen werden. Manche von uns sind schon im Schlaf erschlagen worden. Womit kann ich gnädigst dienen?«

»Wir machen eine kleine Reise an die Weinstraße und besuchen jemand.«

»Klingt spannend, aber ich fühle mich in der Stadt wohler.«

»Sie müssen ja nicht dort bleiben. Heute Abend sind wir wieder hier.«

Wieder konnte sich der Kripochef eine Fahrt zu Dr. Staudte sparen, denn dieser Herr schien Dauerquartier im Hause Casanus bezogen zu haben. Er machte einen seiner Patientenbesuche bei dem alten Mann und einen Besuch privaterer Art bei der attraktiven Gattin.

Die Dame des Hauses, welche die Haustür öffnete, zog die schönen Brauen höher als gewöhnlich und rümpfte die Nase, und ihre Nüstern schienen sich leicht aufzublähen, als sie den Begleiter des Kripochefs erblickte. In ihrer hohen, hochmütigen Stimmlage fragte sie: »Wen bringt die Polizei uns da? Sollen wir den Mann identifizieren? Hat er was ausgefressen?«

Sie dreht den Spieß um, dachte Gontard. Wie perfide. Aber sie wird sich noch wundern, unsere gnädige Frau.

»Nein, dieser Herr hier ist nur so pro forma mit mir dabei. Mit dem Mordfall hat das alles nichts zu tun. Ich habe nur eine einzige Frage an Sie.«

Justus Perlinger sah den Kripochef von der Seite her an und fragte sich insgeheim, warum dieser schwindelte. Er würde seine Gründe haben. In dem Moment kam Dr. Staudte die Treppe herunter mit seinem typischen gestelzten Gang, die Füße nach außen gestellt. Auch er zog die Augenbrauen hoch, als er Justus Perlinger sah.

»Wie praktisch«, sprach Gontard ihn an. »Sie hier? Da kann ich Sie ja beide befragen. Da war noch eine Kleinigkeit.«

Dr. Staudte drehte nervös am Ring, den er am kleinen Finger der linken Hand trug.

Mr. Beautiful, dachte Gontard. Noch enttarne ich dich nicht, noch darfst du dein süffisantes Lächeln im Gesicht tragen.

»Nun, dann fragen Sie nur. Tun Sie Ihre Pflicht.«

Er zeigte den beiden ein Foto.

»Haben Sie diesen jungen Mann schon einmal gesehen?«

Diesmal war das Lachen der beiden unmissverständlich ein befreites Lachen.

»Nein, nie. Weshalb?«

»Diesen Mann? Noch niemals habe ich den gesehen.«

»Danke. Ich glaube Ihnen. Es hätte sein können. Er ist ein Verdächtiger, eine sehr heiße Spur. Entschuldigen Sie die Störung.«

»Aber ich bitte Sie.«

Die Hausherrin, in ihrer allerhöchsten Tonlage, verzieh großmütig und zuckersüß.

Die lachen jetzt herzhaft über den Trottel, der im Dunkeln tappt und den Falschen verdächtigt. Aber wartet: Shakespeare hat es schon ausgesprochen in seinem Macbeth: *Sicherheit ist des Menschen größter Feind*, dachte Gontard.

»Was sollte die Komödie eben, Herr Kripochef?«, fragte Justus Perlinger im Auto.

»Ich wollte Ihr Gehör testen. Im Klartext: Haben Sie die Stimmen der beiden wiedererkannt? Waren das die Stimmen des Liebespaars im Weinberg?«

»Er könnte es gut und gern gewesen sein. Ja, nun, wo Sie es sagen. Ich denke ja. Hundertprozentig bin ich mir nicht sicher bei ihm. Aber bei ihr schon. Die Frauenstimme war eine ganz andere.«

»Nein! Wirklich?«

»Ich bin mir völlig sicher. Die Frau im Weinberg war eine ältere Frau. Die Stimme der Gnädigen eben klingt doch hell und hoch und jung, jünger als die Frau aussieht. Ich habe mich im Nachhinein noch gewundert über ein so komisches Paar in der Mordnacht. Ältere Frau, jüngerer Mann. Nun ja, das soll vorkommen. Aber dann hat es sich sowieso herausgestellt, dass die zwei kein Liebespaar waren.«

Gontard schwieg. Er war wie von einer Keule getroffen. Seine ganze schöne Theorie war zunichte gemacht durch Justus Perlingers Aussage. Wie gut, dass er die Katze nicht aus dem Sack gelassen hatte. Die Blamage war nicht auszudenken. Er würde, zumindest teilweise, anderswo suchen müssen. Ein Puzzleteil, das letzte vielleicht, fehlte ihm noch.

Sie fuhren nach Ludwigshafen zurück, und unterwegs lud er Justus Perlinger zu einem kleinen Imbiss ein.

»Sie haben mir unendlich geholfen, Herr Perlinger, wenn ich nun auch woanders ansetzen muss. Es kann sein, dass ich Sie in den nächsten Tagen noch einmal brauche.«

»In Ordnung, Herr Kripochef. Wer war eigentlich auf dem Foto drauf, das Sie dem edlen Paar gezeigt haben?«

»Es war ein x-beliebiges Foto, das ich mir aus der Kartei im Kommissariat geschnappt hatte. Irrelevant. Es sollte die beiden in Sicherheit wiegen.«

»Sie sind mir schon einer«, meinte Justus Perlinger. »Aber gute Idee, muss ich gestehen.«

Er winkte dem Kripochef, der ihn an der Rheinbrücke absetzte, mit einer knappen Geste nach.

32. KAPITEL

Todesengel

Justus Perlingers Aussage hatte den Kripochef zurückgeworfen. Der geplante rasche Zugriff konnte nicht stattfinden. Die Leute von der Spurensicherung wurden zurückgepfiffen. Gontard hatte angedeutet, dass Autos noch durchsucht werden müssten, aber nun musste er noch abwarten. *Nolens volens.*

Er grübelte während der Heimfahrt darüber nach, was Emmi Gruber wohl bewogen haben mochte, ihm das Kästchen mit den so wichtigen Dokumenten zu zeigen. Ein vages Gefühl von Versäumnis beunruhigte ihn. Eine Frage, die er Emmi Gruber hatte stellen wollen, brannte ihm auf der Seele. Natürlich. Wie hatte er so nachlässig gewesen sein können? Es war die wesentliche Frage.

Friedrich Gontard, von Anna oft wegen seiner Spontaneität gerügt, fühlte, dass er nun eben spontan würde handeln müssen. Sollte doch der Haussegen schief hängen, wenn er nicht um neun Uhr, sondern vielleicht erst um Mitternacht heimkehrte. Der Haussegen würde wieder zurechtgerückt werden. Gontard hatte da seine altbewährten Methoden. Und noch ging der Dienst über alles andere. Für das Privatisieren wäre bald viel Zeit, vielleicht mehr Zeit, als ihm lieb wäre.

Er war schon in Weinheim angekommen, nun machte er kurzerhand kehrt. Es war schon dämmrig, und bei seiner Ankunft in Wingertshofen war es Nacht. Eine sternenlose Nacht im Spätsommer, in der Luft lag schon eine kleine Ahnung vom Herbst. Es roch schwer nach überreifem Obst. Aus Emmi Grubers Garten kroch eine Kühle, und Friedrich Gontard bedauerte den nahen Abschied vom Sommer, das Heranschleichen der kürzeren Tage und der langen grauen Nächte mit Nebel und Nässe.

An Emmi Grubers Zaun lehnte ein Fahrrad. Sie musste Besuch haben.

Noch waren die Abende angenehm genug, dass man die Fenster offen halten konnte vor dem Schlafengehen. Gontard wollte läuten, doch seine Hand auf dem Klingelknopf zögerte. Es gab noch den anderen Eingang, das Pfädchen durch den Garten und ums Haus herum. Im Gras zirpten die letzten Zikaden. Todesgesang vorm Verstummen.

Vom Nachbarhaus her waren laute Stimmen zu hören. Kein Streit, nein. Flackerndes Licht erhellte silbrig zuckend ein Zimmer. Es musste der Fernseher von Emmi Grubers Nachbarn sein. Gontard glaubte, die Stimme von Horst Tappert zu erkennen. Ja, heute lief *Derrick*, das wusste er. Horst Tapperts Stimme übertönte für eine Weile alles andere, aber je näher der Kripochef dem offenen Fenster zu Emmi Grubers Wohnzimmer kam, desto deutlicher wurden die beiden Frauenstimmen. Die Stimmen von zwei älteren Frauen. Die eine Stimme gehörte Emmi Gruber, die andere konnte Gontard zunächst nicht identifizieren. Er wurde zum neugierigen Lauscher, und er wusste, dass er nicht rufen, nicht anklopfen würde, stockstill hinter dem Mirabellenbaum stehen bliebe. Wie albern, schalt er sich, was interessiert dich das Geschwätz von zwei alten Dorftanten? Sie werden sich über ein neues Rezept für Marmelade oder über Dorfintrigen oder ihre Krankheiten unterhalten.

»Nun mache ich den Gegenbesuch«, sagte die Frau, die nicht Emmi Gruber war.

Gontard sah die Frau nicht. Die Stimme kam ihm zuerst nicht bekannt vor. Ob er sich doch aus dem Dunkel herauswagen sollte? Was hoffte er zu hören? Irgend etwas in Emmi Grubers Stimme aber veranlasste ihn, zu zögern, sich nicht zu erkennen zu geben. Es war Angst, unverhohlene Angst, die Emmi Grubers Stimme weniger fest erscheinen ließ als sonst.

»Weshalb eigentlich?«, antwortete sie. »Es war doch alles geregelt. Sie haben mir doch gesagt, dass ich mich getäuscht haben musste. Dass ich Gespenster gesehen habe. Dass ich nichts beweisen kann. Dass ich verschwinden soll. Ich wäre nie mehr zu Ihnen gekommen. Ich hätte Ruhe gegeben.«

»Aber Sie haben mit diesem Kommissar zusammengesteckt. Sie haben mich denunziert. Sie haben uns denunziert.«

»Nein, nein. Ich verspreche Ihnen hoch und heilig, dass ich Sie nicht verraten habe. Auf Ehr und Gewissen. Ich habe nichts gesagt.«

»Auf Ehr und Gewissen«, äffte die andere Stimme nach. »Auf Ehr und Gewissen. Warum sind Sie überhaupt bei mir aufgetaucht? So ganz ohne Beweise?«

»Der Name war mir Beweis genug. Der Name, den ich aufgeschnappt habe, und ein bekanntes Gesicht.«

Gontard erkannte plötzlich die Stimme der nächtlichen Besucherin, und da trat sie auch schon in die Mitte des Zimmers. Sie hatte bei seinen wenigen Besuchen des Hauses Casanus wenig gesprochen und nie eine Miene verzogen. Korrekt, mit gestärkter Schürze und in vollendeter Pflichterfüllung hatte sie funktioniert wie ein Automat, doch nun stieß sie das triumphierende Lachen der Unbesiegbaren aus. Und es war genau dieses Lachen, nicht der Klang, sondern die Mimik, welche dieses Lachen begleitete, die ihm die Identität der anderen Frau in Emmi Grubers Wohnzimmer offenbarte.

Wie oft spottete Anna, wenn ihr Mann wieder einmal ein Gesicht wiedererkannte, wenn sein fotografisches Gedächtnis eine Person entlarvte, die er vielleicht vor vielen Jahren schon gesehen und deren Gesichtszüge sich in sein Gedächtnis eingegraben hatten. Eine Person, der er vor Jahren begegnet war oder die er auf einem Foto gesehen hatte. Vielleicht war es diese Gabe, auch optische Details blitzschnell zu erfassen, zu speichern und abzurufen, welche Gontard den Ruf, ein sehr guter Kommissar zu sein, eingebracht hatte.

Wie er Mr. Beautiful, den ungeliebten Tanzstundenpartner mit dem dicken Ring am kleinen Finger, den Nebenbuhler von Philipp Braconnier um die Gunst der schönen Arzttochter, auf Grund seiner fotografischen Beobachtungsgabe enttarnt hatte, so enttarnte er nun Hermine Staas, die Krankenpflegerin und Haushälterin im Haus Casanus.

In Dr. Matterns Mappe lag ein Foto, auf dem eine sehr junge Krankenschwester in der Reichsanstalt Grafeneck, oder war es Hadamar, das wusste er nicht genau, einem »lebensunwerten« Kind die Todesspritze setzt. Stand unter jenem Foto nicht, von Dr. Mattern hingekritzelt: *Schwester Pia: Eine Krankenschwester aus der Station von Dr. Krämer alias Dr. Casanus*?

Natürlich, dachte Gontard. Casanus alias Krämer. Hermine Staas alias Schwester Pia. Und Dr. Josef Kühn alias ...? Die Todesengel von Hadamar und Grafeneck, nur drei von sehr vielen. Bewiesen diese Decknamen nicht, dass die »Wohl«-Täter, welche behinderte Menschen töteten, bei all ihrem Sendungsbewusstsein doch wussten, dass ihr Tun unmoralisch und verbrecherisch war?

»Das mit der Ähnlichkeit, das war gut beobachtet«, fuhr Hermine Staas fort. »Als der junge Mann neulich sonntags bei uns aufgetaucht ist, da habe ich in seinen Zügen gleich das Mädchen wiedererkannt, das damals in unserer Klinik das Kind bekommen hat.«

»Sie geben es also zu, dass er aufgetaucht ist?«

»Ja, ich gebe es zu, warum nicht? Er hat nachgeforscht, was weiß ich, er hat unsere Klinik aufgespürt.«

»Della hat geglaubt, ihr Kind sei tot. Es sei behindert gewesen und nicht lebensfähig. Sie sind ein Ungeheuer, Sie haben ihr das Kind weggenommen.«

»Ich, ein Ungeheuer? Mir ist es zu verdanken, dass das Kind leben durfte!«

Emmi Gruber war außer sich vor Entsetzen. »Wer wollte das Kind töten? Dr. Casanus, Ihr Chef?«

»Dr. Casanus? Wieso? Der hatte doch kein Interesse daran. Der Vater des Mädchens, Dr. Kühn, wollte das Kind töten lassen, wir haben ihn aber überredet, dass er es zur Adoption freigeben solle. Nach langem Hin und Her hat er eingewilligt. Sehr ungern.«

»Wieso diese plötzliche Milde? Von Ihnen?« Aus Emmi Grubers Stimme sprach der pure Hohn.

»Das Kind war doch normal. Es war gesund. Es war kein behindertes Kind, das ...«

»... das man ohne Skrupel umbringt. Ich finde keine Worte.«

»Wir wollten eine schönere Welt, eine bessere Welt, eine Gesellschaft mit gesunden Menschen. Aber was verstehen Sie davon? Nichts verstehen Sie. Aber es ist egal, Sie müssen nun nichts mehr verstehen. Sie werden auch nichts mehr weitersagen.«

»Wenn Sie mir etwas antun«, antwortete Emmi Gruber mit bebender Stimme, »dann werden Sie nicht weit kommen. Die Polizei ist auf Ihrer Fährte.«

»Auf meiner Fährte nicht. Keiner weiß von einem Motiv, das ich haben könnte, keiner verdächtigt mich. Wenn Sie tot sind, weiß keiner von Dr. Casanus, von mir, von der Klinik, von den anderen Kliniken davor. Und dass ich ihn töten musste, den jungen Mann, der in meiner Vergangenheit rumgeschnüffelt hätte, der dem guten Ruf von Dr. Casanus geschadet hätte, meinem lieben Herrn Doktor, mit dem ich durch dick und dünn gegangen bin. Doch ich habe einen großen Vorteil: Ich bin unauffällig, unscheinbar. Da gibt es andere Verdächtige. Ich werde auch Sie töten. Diesmal ohne fremde Hilfe.«

Hermine Staas war im Begriff, sich auf Emmi Gruber zu stürzen, aber mit schnellen Schritten war Friedrich Gontard schon um die Ecke ins Wohnzimmer geeilt, dessen Tür offen stand, und er drehte der Überraschten blitzschnell beide Arme auf den Rücken. Etwas fiel zu Boden. Es war eine Spritze.

Die sich heftig wehrende Frau wurde von Gontard und Emmi Gruber auf einen Stuhl gedrückt. Gontard, der selten seine Pistole angewendet hatte in seinen vielen Dienstjahren, hielt die Waffe nun auf Hermine Staas gerichtet, während Emmi Gruber den Polizeiruf wählte. Die Neustadter Polizeibeamten schliefen nicht und waren schnell zur Stelle. Hermine Staas wurde abgeführt.

Dem erstaunten Beamten, der die Spritze vom Boden aufhob und sicherstellte, riet Gontard zu äußerster Vorsicht.

»Aufpassen! Das Ding enthält vermutlich Morphium-Scopolamin, damit hat die Täterin langjährige Erfahrung. Es ist eine absolut tödliche Mischung.«

Gontard veranlasste, dass aus Ludwigshafen die diensthabenden Kollegen erschienen, es galt, eine weitere Verhaftung vorzunehmen. Noch in dieser Nacht.

33. KAPITEL

Sühne

»Eigentlich wollte ich Ihnen nur eine Frage stellen, Frau Gruber ...«

»... und nun haben Sie mir das Leben gerettet.«

»Die Frage hat sich erübrigt. Offenbar kannten Sie den Inhalt der Briefe und des Tagebuchs noch nicht lange.«

»Nein, ich bin keine Schnüfflerin. Dellas Sachen waren mir heilig. Ich hätte nichts angerührt nach ihrem Tod, aber ...«

»Als Sie das Foto des jungen Mannes sahen, erkannten Sie die Ähnlichkeit zwischen Thomas und Della. Und da haben Sie ein wenig gewühlt. Und wie kamen Sie auf Casanus?«

»Ihnen ist mal was rausgerutscht, und ich habe mich daran erinnert, dass Della einmal den Namen in Verbindung mit der Klinik nannte. Lange her.«

Sie schaute, wie es ihre Art war, sinnierend vor sich hin. Dann sagte sie tonlos, als spräche sie zu sich selbst: »Er hat es verdient.«

»Wer hat was verdient?«

Gontard verstand nicht.

»Er. Dr. Kühn. Er hat es verdient, dass wir, Della und ich, keine Hilfe gerufen haben. Als er den Herzanfall hatte. Wir saßen nur einfach so da. Wir saßen reglos da und haben ihm beim Sterben zugeschaut. Della wollte den Notarzt rufen, aber ich habe sie zurückgehalten. All die Jahre der Qual, der Tyrannei. Wenn Della das gewusst hätte, das mit dem Kind ...«

»Was wäre dann passiert?«

»Sie hätte sich nicht umgebracht.«

Friedrich Gontard fand keine Worte.

»Sie hat sich umgebracht? Und keiner hat es gemerkt? Der Arzt hat nicht gemerkt, dass Della Selbstmord begangen hat?«

»Ich habe Dr. Mattern gerufen, als Della das Veronal … von dem Zeug war ja noch im Haus, in der Praxis … im Schränkchen …«

»Und Dr. Mattern hat verstanden. Er hat auch von den Umständen um den Tod von Dellas Vater gewusst? Und er hat geschwiegen.«

Es war eine rhetorische Frage.

»Ja, er wusste alles. Von Dellas Gewissensbissen. Sie hat ihren Vater doch geliebt.«

»Arme Della. Ein Leben voller Irrtümer«, sagte Friedrich Gontard.

»Dürfte ich eine Bitte aussprechen? Nachdem Dellas Vater tot war, hat sie gemalt wie besessen. Ob ich diese Bilder wohl haben könnte?«

»Ich denke ja. Ich hätte sie Ihnen sowieso zukommen lassen. Der amerikanische Erbe wird nichts mit ihnen anfangen können. Sie sind in keiner Weise berücksichtigt. Es gibt kein Testament. Haben Sie deswegen keinen Groll auf Della? Bei all dem, was Sie für sie getan haben die vielen Jahre über?«

»Della war so weltfremd. Ich kann es ihr nicht vorwerfen. Ein Testament? Sie hätte nie daran gedacht, ein Testament zu machen. Sie hat in ihrer eigenen Welt gelebt.«

Der Polizeiwagen aus Ludwigshafen kam vorgefahren.

Gontard verabschiedete sich von Emmi Gruber.

»Es gibt noch Arbeit für mich. Noch ein Mörder ist festzunehmen. Sie hören von mir«, sagte er zu einer verblüfften Emmi Gruber, die nichts verstand.

34. KAPITEL

Der Komplize

Frau Casanus öffnete erstaunt, als der Kripochef mit zwei Polizeibeamten vor der Tür stand. Sie hatte mit Hermine Staas' Rückkehr gerechnet, die im Nachbarort bei einer Freundin war, wie sie gesagt hatte.

Dr. Staudte war noch im Haus. Er musste sich noch um den Patienten kümmern, der an diesem Abend besonders schwierig gewesen war.

»Hermine Staas hat gestanden, den jungen Mann, Thomas Postel, umgebracht zu haben und zwar mit Ihrer Hilfe, Herr Dr. Staudte. Ich verhafte Sie wegen des dringenden Verdachts zur Beihilfe am Mord von Thomas Postel und wegen des Mordes an Philipp Braconnier vor sechsundzwanzig Jahren in Ihrer Funktion als Ambulanzarzt in Landau.«

Manchmal musste man spekulieren und hoch pokern, um einen Gewinn einstreichen zu können. Das Pokerspiel war effektiv. Der sonst so selbstsichere Mann machte nicht einmal den Versuch, zu leugnen. Er verzichtete ausnahmsweise auf einen zynischen Kommentar, murmelte aber etwas von seinem Anwalt.

Die schöne Frau Casanus zog die Brauen hoch, doch die Missbilligung galt diesmal nicht dem Kripochef. In ihrem Blick lag Verachtung für Edwin Staudte.

»Marlene weiß nichts von alledem«, sagte Edwin Staudte.

Er schaute achselzuckend zu ihr hinüber, eine Geste, die fast entschuldigend wirkte, auch bedauernd. Er liebt diese Frau wirklich, ging es durch Friedrich Gontards Kopf. Wer hätte das gedacht?

Mit einem letzten Blick auf Marlene Casanus ließ Dr. Staudte sich willig abführen. Es war ein Blick voller Sehnsucht und Bedauern, der um Vergebung zu flehen schien.

35. KAPITEL

Das Puzzle ist fertig

Nach zähen Verhören und Gegenüberstellungen kam die ganze Wahrheit ans Licht.

Hermine Staas hatte am Abend des einundzwanzigsten August einen jungen Mann hereingelassen, der sich als Thomas Postel vorstellte und Dr. Casanus zu sprechen wünschte, um Auskunft über sich und die Umstände seiner Geburt zu erfahren. Hermine Staas, in Verzweiflung darüber, dass Vergangenes bekannt werden würde, verlor die Nerven, bot dem ahnungslosen, naiven jungen Mann, während er geduldig wartete, bis »Dr. Casanus von einem Arztbesuch zurück wäre, einem Notfall«, ein mit einem Barbiturat versehenes Getränk an und tötete den Betäubten mit einer Injektion, die Morphium-Scopolamin enthielt. Mit Todesspritzen kannte sie sich aus. Welch Kinderspiel für eine Krankenschwester, an Spritzen und an Gift heranzukommen, zudem im Haushalt eines Arztes.

Dr. Staudte, der früher als erwartet mit Frau Casanus zusammen von einer Party nach Hause gekommen war, wurde von der kopflosen Haushälterin gebeten, bei der Beseitigung der Leiche und der Vertuschung der Tat mitzuhelfen. Frau Casanus war über die ganze Tragweite der Tat nicht informiert, versprach aber, den beiden ein Alibi zu geben, wenn es »zum Schlimmsten käme«.

Dr. Staudte gab nach langem und hartnäckigem Leugnen zu, in seiner Eigenschaft als Notarzt im Jahre 1962 Philipp Braconnier im

Ambulanzwagen getötet zu haben, um sich eines Nebenbuhlers zu entledigen.

»Wie ich diesen Proleten hasste, der mir meine Zukunftspläne vermasseln wollte. So eine Chance konnte ich mir doch nicht entgehen lassen«, bemerkte Mr. Beautiful gewohnt sarkastisch. Das zynische Lächeln des Dr. Staudte erstarb, als er die ganze Wahrheit erfuhr. Hermine Staas hatte ihm die wahre Identität des Mordopfers Thomas Postel verheimlicht, der für ihn lediglich ein junger Mann war, der Dr. Casanus und Hermine Staas etwas anhängen wollte, etwas, das längst verjährt war, wie sie behauptete, das aber Frau Casanus immer noch Schaden zufügen konnte. Schaden von Marlene Casanus, der geliebten Frau, abzuwenden, war Staudtes stärkstes Motiv. Zudem war es eine Existenzfrage, auch für ihn selbst, den jungen Störenfried zu beseitigen, nichts als eine Notwendigkeit. Es ging um Sein oder Nichtsein. Staudte wich allen Fragen, ob er um das Vorleben des ehrenwerten Dr. Casanus gewusst habe, geschickt aus. Gewohnt zynisch bemerkte er einmal, die Tatsache, dass Casanus aus dem gleichen Dorf stammte wie Gauleiter Bürckel, der Lingenfelder, sei wohl noch kein Beweis für irgendwelche braunen Umtriebe des Arztes.

Die beiden waren nun sozusagen quitt, denn auch Dr. Staudte hatte seine Komplizin nicht in alles eingeweiht. Seine Mordtat vor sechsundzwanzig Jahren sorgte für allergrößtes Erstaunen seitens der sonst so kühlen Frau.

Er hatte den Vater umgebracht, sie den Sohn.

Und Frau Casanus spann sich weiterhin in ihren Kokon von absoluter Ahnungslosigkeit und Nichtwissen ein.

Sie blähte die schönen Nasenflügel auf, hüllte sich in Schweigen, schien über all diesen niedrigen Dingen zu stehen. Verächtliche Blicke trafen ab und zu den Mann auf der Anklagebank, der um viele Jahre gealtert schien, gebrochen und ein Schatten seiner selbst. Nur mit Mühe und viel Fantasie war er für den Betrachter als der erkennbar, der er einmal gewesen war. In den Mienen der Frauen im Gerichtssaal, zumindest in einigen, spiegelte sich Mitleid mit dem Angeklagten wider.

Frau Casanus, einem Eisberg gleich, zeigte wenig Regung angesichts der Erniedrigung ihres einstigen Geliebten. Ein glaubwürdiges Verhalten, dachte Gontard, für eine Frau, die sich für wenig mehr interessiert als für das eigene Befinden und das Fortbestehen ihres müßigen Wohllebens.

Nach langem, zähem Fragen gab Hermine Staas noch zwei Geheimnisse preis, die sie gehütet hatte über all die Jahre. Sie kannte die Identität des Dr. Kühn im schwäbischen Grafeneck und danach im hessischen Hadamar. Als Dr. Hagen war er geführt worden, ein Deckname, den Dr. Mattern schon vermutet hatte, aber da es keinerlei Bildmaterial von Dr. Kühn aus diesen Tötungsanstalten gab, war die Aussage von Hermine Staas ein wesentliches Beweisstück.

Dr. Casanus hatte übrigens zeitweise Zwangssterilisationen an behinderten Frauen wie am Fließband vorgenommen. Stolz berichtete Hermine Staas alias Schwester Pia von dieser Heldentat ihres Herrn Doktor »im Dienste einer gesünderen Gesellschaft und besseren Welt«. Hermine Staas, die im Lauf der Gerichtsverhandlung öfter die Beherrschung verlor und ungewohnt emotional auf die Tatsache reagierte, dass sie sich in der Zwickmühle befand, verteidigte ihren verehrten Herrn Doktor und gab zu, dass sie in Hadamar die Geliebte von Casanus geworden war und es auch nach dem Krieg als Krankenschwester im Bad Uracher Luxusklinikum für Frauenheilkunde blieb. Sie verschwand aus seinem Leben, als »diese nichtsnutzige junge Schmarotzerin« ihn einfing und ihn veranlasste, sie zu heiraten. Als Hermine Staas von der Krankheit ihres geliebten Herrn Doktor erfuhr, musste sie an seine Seite eilen, denn von seiner Frau war keine Hilfe zu erwarten.

Frau Casanus quittierte die Ausbrüche der einstigen Geliebten und späteren Krankenpflegerin ihres Mannes mit einem verächtlichen Hochziehen der geschwungenen Augenbrauen. Eine neue Pflegerin wird sich finden, sagte ihr Blick. Und ein neuer Dr. Staudte wohl auch.

36. KAPITEL

Punks und Popper

Ein Kanossagang stand Gontard bevor. Er musste zwar keine Abbitte leisten, aber leicht fiel ihm der Besuch bei Herrn Braconnier dennoch nicht.

Das Häuschen, eingekeilt zwischen den beiden pompösen Winzerhäusern mit ihren kunstvollen Toren, Reichtum verkündend, lag im Morgennebel, als Friedrich Gontard vorfuhr.

Nach Gontards Erklärungen schwieg Herr Braconnier lange, dann sagte er: »Einen Enkel nun auch noch verloren zu haben, das ist fast nicht zu ertragen.«

Gontard hasste diese Besuche. Sie gehörten zu seinen schlimmsten Aufgaben als Polizeichef, und er war froh, als er das rebenumrankte Häuschen hinter sich lassen konnte und dieses Dorf Wingertshofen, das idyllischer nicht hätte liegen können als hier in der pfälzischen Toskana, zwischen sanften Hügeln, Burgen, Kastanienwäldern und Weinbergen. Als er über die sanften Hügel hinwegfuhr, fielen ihm mit einem wehmütigen Bedauern die sonntäglichen Ausflüge ein, die er mit Anna und dem Kind Lilli an die Weinstraße gemacht hatte. Oben auf den Kuppen hatte er ein wenig beschleunigt, so dass das Auto leicht abhob. Mit einem Jauchzer hatte Lilli diese Manöver ihres Vaters quittiert. Das war für sie besser als Achterbahn- oder Karussellfahren gewesen.

Doch vorbei. Schluss mit der Sentimentalität und dem nostalgischen Getue!

Nun wird es allerhöchste Zeit, sich der Familie zu widmen, dachte Gontard. Im Hier und Jetzt.

Er erwartete eine schmollende Anna, stattdessen wurde er freudig begrüßt von einer kleinen Geburtstagsgesellschaft, bestehend aus seiner gar nicht schmollenden Frau, seinem weißen, alten, von Arthrose geplagten Hund Willi und zwei seltsamen Wesen.

Lilli saß neben einem jungen Mann mit schwarz gefärbten Haaren, aufgehellt mit einer kakadugrünen Strähne, und in schwarzen Kleidern, ähnlich denen, die Lilli gerne trug. Auf den ersten Blick wirkte der junge Mensch ein wenig düster, dann aber wünschte er freundlich lächelnd »Alles Gute zum Geburtstag nachträglich«. Der Geburtstagswunsch wurde mit einer erstaunlich männlichen Stimme hervorgebracht. Dies war kein Kind, sondern ein Mann, der sich für seine Tochter Lilli interessierte.

Oh, dachte Gontard, hat Lilli ihren angekündigten Popper schon abserviert? Vielleicht besser so. Als sich der junge Mann mit »Sven« vorstellte, konnte Gontard sich nur mühsam das Lachen verbeißen.

Sven, der Popper, hatte sich schnell angepasst. Welche Metamorphose, und dann in diesem Blitztempo. Er musste sehr verliebt sein.

Lilli sah ihren Vater von der Seite her an. Was stand da in ihrem Gesicht geschrieben: Verlegenheit oder Triumph, als Verlegenheit getarnt?

Ich habe gewonnen, sagte dieser Blick.

Und Friedrich Gontard war wieder einmal stolz, diese Tochter zu haben.

Er schaute zu Anna hinüber und wusste, dass sie insgeheim hoffte, dass Lilli einmal einen Freund mitbrächte, der blond war, mit längeren Haaren, die zu einem Pferdeschwanz zusammengebunden waren, und der Gitarre spielen konnte.

Vielleicht beim nächsten Mal.

— ENDE —

Der Abdruck von Auszügen aus dem *Neckarbrücken-Blues* auf Seite 151 erfolgt mit freundlicher Genehmigung von
© 1972 Global Musikverlag, Global Musik GmbH & Co.KG / Badenia Musikverlag
Musik: Roland Heck / Albin Metz
Text: Carl Schaeuble / Erna Strube

Wichtige Hinweise zum Thema Euthanasie konnte ich diesem empfehlenswerten Werk entnehmen:
Karl Scherer / Otfried Linde / Roland Paul, *Psychiatrie im Nationalsozialismus – Die Heil- und Pflegeanstalt Klingenmünster 1933–1945*, Institut für pfälzische Geschichte und Volkskunde, Kaiserslautern 2003.

Für wichtige Hinweise zum gleichen Thema dankt die Autorin auch Monika Endriß, Weinheim.

Lilo Beil

© Foto Alex, Heidelberg

Lilo Beil wurde im südpfälzischen Klingenmünster geboren. Die Pfarrerstochter verbrachte ihre Kindheit und Jugend in Dielkirchen bei Rockenhausen und in Winden bei Landau. Ab 1966 studierte sie in Heidelberg Romanistik und Anglistik. Sie unterrichtete von 1972 bis Januar 2008 an der Martin-Luther-Schule in Rimbach. Die Mutter dreier erwachsener Töchter lebt mit ihrem Mann im vorderen Odenwald.

Seit frühester Jugend interessierte sich Lilo Beil für Literatur und Kunst. Ihr liegt, sagt sie, das Satirische, schon mal mit einem Schuss ins Bösartige, aber es finden sich in ihren Geschichten genauso romantische und nostalgische Elemente, Spannungsmomente und die kritische Auseinandersetzung mit Geschichte und Gesellschaft. Gelobt wird außerdem immer wieder die klare, sorgfältige Sprache.

1997 erschien »Maikäfersommer und andere Geschichten aus Pfalz und Kurpfalz«. Weitere Erfolge wie die Aufnahme ihrer Kurzgeschichte »Der Nussknacker« in eine Anthologie des Rowohlt-Verlages ermutigten Lilo Beil. 1999 veröffentlichte sie unter dem Titel »Sonnenblumenreise« Geschichten für Reisende und Nichtreisende; 2002 folgten die Kriminalgeschichten »Heute kein Spaziergang«. 2005 erschien ihre Geschichtensammlung »Schattenzeit oder das Matrosenkleid«. Zahlreiche Lesungen machten sie im Raum zwischen Pfalz und Odenwald zu einer beachteten Autorin. 2007 ließ sie Kommissar Gontard erstmals in »Gottes Mühlen« im Conte Verlag ermitteln. 2008 und 2009 folgten »Das Licht unterm Scheffel« und »Die schlafenden Hunde«, sowie Beiträge zu Krimianthologien. 2010 erschien der Krimi »Die Kinder im Brunnen«, der das Thema Mobbing aufgreift. Ende 2010 wurde »Maikäfersommer« erstmals als Taschenbuch im Conte Verlag veröffentlicht.

Lilo Beil

Maikäfersommer

Kindheitsgeschichten
118 Seiten, Paperback,
ISBN 978-3-941657-23-6,
9,90 €

Lilo Beil versteht es meisterlich, in ihren kurzen Erzählungen die Atmosphäre von Kindheit, Heimat und Erinnerung wiederzugeben. Die erfolgreiche Spezialistin für Kriminalfälle mit Zeithintergrund hat in diesem Band ihre idyllischsten Kurzgeschichten zusammengefasst. Unverstelltes Glück, feiner Humor und kindliche Arglosigkeit leuchten aus einer selbst erlebten und erdachten Welt der Fünfziger- und Sechzigerjahre hervor. Lilo Beil führt uns Erwachsene durch die Nord- und die Südpfalz, nach Heidelberg und Mannheim – und tief hinein in die Kinderseele.

»Ein Lesevergnügen – auch für Sommer ohne Maikäfer.«
Rheinpfalz

Weitere Krimis im Conte Verlag

JuttaStina Strauss ***Koks und Kosakenkaffee***
Guzzos erster Fall

286 Seiten, ISBN 978-3-936950-54-0, 13,90 €

JuttaStina Strauss ***Mis en Vosges***
Guzzo in Lothringen

290 Seiten, ISBN 978-3-936950-80-9, 13,90 €

Dieter Paul Rudolph ***Arme Leute***

210 Seiten, ISBN 978-3-941657-06-9, 12,90 €

Dieter Paul Rudolph
Pixity – Stadt der Unsichtbaren

288 Seiten, ISBN 978-3-941657-29-8, 13,90 €

Peter J. Kraus ***Joint Adventure***

228 Seiten, ISBN 978-3-941657-16-8, 12,90 €

Stefan Hüfner ***Der Tote von Dresden***

184 Seiten, ISBN 978-3-936950-13-7, 9,90 €

Jens Luckwaldt ***Puder und Blei***

218 Seiten, ISBN 978-3-941657-26-7, 12,90 €

Barbara Mansion ***Mörderische Wallfahrt***

204 Seiten, ISBN 978-3-936950-59-5, 9,90 €

Barbara Mansion ***Das Geheimnis der Burgkapelle***

198 Seiten, ISBN 978-3-941657-09-0, 12,90 €

Weitere Krimis im Conte Verlag

Jean Amila ***Bis nichts mehr geht***
Reihe Amila 3

220 Seiten, ISBN 978-3-936950-53-3, 10,00 €

Jean Amila ***Motus!***
Reihe Amila 4

180 Seiten, ISBN 978-3-936950-79-3, 10,00 €

Jean Amila ***Die Abreibung***
Reihe Amila 5

190 Seiten, ISBN 978-3-936950-96-0, 10,00 €

Jean Amila ***Auf Godot wartet keiner***
Reihe Amila 6

200 Seiten, ISBN 978-3-941657-11-3, 10,00 €

Markus Walther (Hrsg.) ***Letzte Grüße von der Saar***
Krimi-Anthologie

244 Seiten, ISBN 978-3-936950-68-7, 12,90 €

Lisa Huth, Karin Mayer (Hrsg.) ***Mord vor Ort***
Das Krimibuch zum Treffpunkt Ü-Wagen

230 Seiten, ISBN 978-3-941657-02-1, 12,90 €

Ingrid Schmitz (Hrsg.) ***Muscheln, Mousse und Messer*** *Eine kulinarische Krimi-Anthologie*

220 Seiten, ISBN 978-3-941657-22-9, 12,90 €